文豪の謎を歩く

——詩、短歌、俳句に即して

牛島富美二

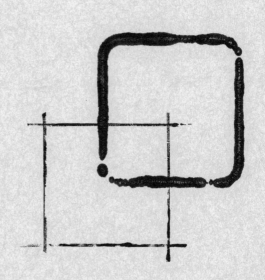

竹林館

文豪の謎を歩く――詩、短歌、俳句に即して

＊

目次

詩一篇の謎

短歌一首の謎

俳句一句の謎

詩一篇の謎

明治三陸大津波鎮魂詩として

――島崎藤村「潮音」

明治二十九年（一八九六）六月十五日午後七時三十一分、東北三陸地方にM8.5の大地震が発生。その約三十分後大津波襲来。これによって、宮城県下の被害は、死者三、四五二名、負傷者一、二四一名、流失家屋九八五戸に達したとある。ただ、同じ三陸海岸でも南部地域には津波が「波高二、五メートルに達し」「大被害をもたらした」（『宮城県史』）が、仙台湾沿岸は「震害なく」（『仙台市史』）、地震の揺れも震度二〜三程度だったのである。

島崎藤村が仙台の東北学院の教師として赴任したのはこの年の九月であった。九月七日に開かれた理事会録によると「嶋崎《（ママ）》春樹氏を本年九月一日より日本作文教授として月俸金弐拾円を以て招聘する事に決す」（『東北学院百年史　資料篇』）とある。藤村は九月八日に来仙、駅前の旅館「針久」支店に投宿したようで、十日の教員会議に出席している。この年は東北学院が創立されて十年目に当たり、藤村の赴任した九月は大津波襲来の三ヶ月後に当たる。藤村は翌年辞職して七月一日に仙台を去るのだが、それまで三度寓居を変えた。最初は、広瀬川河畔にあった同僚の図画科教員・布施淡の屋敷（池雪庵）の一室。布施とは松島等にも遊んだりしているが、「小田原海浜」（荒浜）にも遊んだ。荒浜は宮城郡荒井村の一部であったが、明治二十二年、霞目村、南小泉村、六丁目村など七村合併により七郷村となった。荒浜は大字《おおあざ》であり、現在は亘理町の荒浜と区別して深沼と呼んでいる。藤村は、「荒浜というところは外海に面した砂丘一帯の漁村である。仙台から一里ほどである」「同僚の布施君と共に仙台から荒浜まで歩いて、見渡すかぎり砂浜の続いたところに出て行った時ほど、心を打たれたこともなかった。」「布施君をそそのかし、その砂浜に着物を脱ぎ捨て、二人して寄せ来る波濤の間を泳いだこともある。」（『仙台雑詩』）と記している。石巻測候所の当時の記録によれば、この年の最高気温が八月二十一日の二十九・七度とある（『宮城郡史』）。二人が泳いだのは九月半ばのことだから、この時節になればかなり気温は下がり始めていたであろう。それにもかかわらず二人は泳いだのである。「そこは海水を浴びに来るもののよく溺れるところだと言われるくらいの岸ではあったが、しかしわたしはただ大洋を望むだけにには満足しなかった。」（『仙台雑詩』）と続く。荒浜は地名の通り荒々しい海岸だが、気分が高揚していた二人には、波の荒さも水の冷たさも感じなかったに違いない。時に、藤村は二十四歳、布施は一つ年下である。仙台在住の時代は、「ただただ青春の溢れるままに任せていた」し、「阿武隈川の流れる方まで行って旅情をほしいままにしたり」もしており、「身をも心をも救うことの出来た」（『姉の家にて』）時代であった。その藤村が二度目の寓居を、布施の妻・豊世の兄嫁の実家である文倉町の田代家に移した後、十二月初め名掛丁の三浦屋という下宿屋を兼ねた宿屋に引っ越し、約半年間を過ごすことになる。そこで「海の荒れる前かあるいは荒れた後かには、荒浜の方で鳴る海の音が名掛町（現・名掛丁）の宿までよく聞えて来た。わたしも東北の旅に来て、初めてあんな音を耳にした。」（『仙台雑詩』）と記した。荒浜の海の音が名掛丁まで聞こえたのである。一帯は太平洋に直面していて遠浅だが波が荒く、船着場には適さない。まさに、「荒」い「浜」の面目躍如ということであろうが、「海の荒れる前かあるいは荒れた後かに」「鳴る海の音」を、藤村は「あんな音」と聞いた。その音は「荒れる前」か「荒れた後」の音かは分からない。暴風雨や津波襲来の前兆の海の響きを海鳴りとか海鳴《かいめい》という。どちらにしても、十km余（藤村は一里＝四kmと記している）も離れた荒浜の海の音が名掛丁の三浦屋まで聞こえたのだから、その響きは尋常ではあるまい。もっとも、明治二十九年の人口は六六、一五九人（『仙台市史』）、交通機関も今日のように発達はしていないから、人的にも機械的にも喧騒の時代ではなかったろう。荒浜の海の音が響いたのである。木曾という山中に生まれた藤村には、海の音は強烈な印象だったに違いない。そのように記した後に「この小詩は三浦屋の裏二階に借りていた自分の部屋の窓の下で書いたものである。」（『仙台雑詩』）とあり、「あんな音」を記した小詩というのが「潮音」なのである。

わきてながるゝ
やほじほの
そこにいざよふ
うみの琴
しらべもふかし
もゝかはの
よろづのなみを
よびあつめ
ときみちくれば
うらゝかに
とほくきこゆる
はるのしほのね
（同）

津波襲来三ヶ月後の荒浜の光景はどんなだったろうか。藤村も、三ヶ月前の大地震や大津波のことを、布施や他の人々から聞いていたに違いない。といっても、仙台湾沿岸の荒浜地方は被害がほとんどなかったというから、むしろ砂丘につづく防潮林・防砂林の光景に感嘆していたのかもしれない。仙台湾沿岸の海岸線は、波が荒いけれども遠浅だから泳ぐことは出来た。大津波の話を聞いていたとしても、長野生まれの藤村には津波への恐怖感などなかったと思われる。したがって、初めて目にする荒浜の光景に、藤村は違和感を感じなかったであろう。藤村の耳には、「あんな音」は「うみの琴」と聞こえ、時が満ちれば麗かに聞こえてくる春の潮音であった。青春の溢れるままにいた藤村は、春という季節を待つ高揚した気分でいたのである。

『藤村詩集』（明治三十七年九月刊行）に収められた『落梅集』に、「炉辺」という注目すべき一篇がある。「散文にてつくれる即興詩」という副タイトルがあり、散文で詠んだ詩自体が珍しいのだが、海に関する表現が興味を引く。これは上州磯部温泉に養生に行った際、浅間の麓を詩作したもので、「こゝには五十路《いそじ》六十路《むそじ》を経つゝ、まだ海知らぬ人々ぞ多き」「爺は波を知らず婆は潮の音を知らず」〈波線筆者〉と詠う。荒浜に行ってその海の「潮音」に心を打たれた体験を持つ藤村の高揚ぶりがここに凝縮されているようだ。また、「貝の一ひらを見れば大わだつみのよろづの波を彫《きざ》めるとぞ言ひし言の葉こそ思ひいでらるれ」〈波線筆者〉とあり、『若菜集』（明治三十年八月刊行）に収めた「潮音」を追懐しているのではなかろうか。

山国育ちだった藤村が、海への憧れを抱いたのは自然であろう。その海の潮の流れは、明治維新直後に生を受けた藤村からすれば、時代の夜明けを象徴するものでもあったろう。それは『藤村詩集』の序に記された「誰か旧《ふる》き生涯に安んぜむとするものぞ。おのがじし新しきを開かんと思へるぞ、若き人々のつとめなる」という決意にも感じられよう。また、『夏草』収録の詩「鷲の歌」の一節には「踴《をど》れる胸は海潮の湧きつ流れつ鳴るごとく」とあり、「潮音」の表現を想わせる。それは藤村の心のうねりであり、胸に響くものは、遥かに開けた海洋の潮の音であり、楽器にすれば琴の音だったのである。『藤村詩集』は四つの詩集『若菜集』『一葉舟』『夏草』『落梅集』を合巻したものだが、この四詩集に現れる「琴」は、「玉琴」「緒琴」が頻出しているほかに「筝《こと》」なども現われている。また、潮に関しては「八百潮」「潮の音《しほね》」「潮の音《うしおおと》」「海潮音《かいちようおん》」「朝潮」「夕潮」「海潮」「高潮」「潮」という風に諸処に用いられている。しかも、第三詩集『夏草』の二部は「新潮《にひじほ》」として編まれ、同名の長編詩が詠われている。これは兄と共に漁師となった弟の海原での生活を詠んでいるのだが、その中に、

こゝろせよかしはらからよ
な恐れそと叫ぶうち
あるはけはしき青山に
淩ぐにまがふ波の上
あるは千尋の谷深く
落つるにまがふ濤の影

という一連がある。海の恐ろしさを詠っているのだが、まるで襲来する津波の光景を想わせる。

とはいえ、最終連で、

たとへ舟路は暗くとも
世に勝つ道は前にあり
あゝ新潮にうち乗りて
命運《さだめ》を追ふて活《い》きて帰らん

とあり、藤村自身の新時代への決意を述べているとも言えよう。「新潮」とは新しい時代の到来を示唆しているのである。いずれにしても「琴」や「潮」が藤村を捉えており、青春の高鳴りと重ね合わせていたと思われる。

ところで、「潮音」とは『大漢和辞典』（大修館）を始め漢和辞典では、多くの僧が一斉に読経する声、と説明され、海潮音と同意という。上田敏の訳詩集『海潮音』は明治三十八年刊行だが、記述したように藤村は既に『海潮音』の語を『落梅集』（明治三十四年刊行）の「寂寥」という長詩の中で使用している。「海潮音」とは、『日本仏教語辞典』（平凡社）によれば『妙法華』の「観世音菩薩普門品」に、「妙音観世音、梵音海潮音、勝波世間音、是故須常念」とあり、「妙音なる観世音は梵音にして海潮音なり、彼の世間の音に勝れたり…」と読むべきだという。つまり、海潮音である観世音は神（梵天）のような好い音声を持ち、菩薩として音楽の奥義を窮めているのだと説く。すると「潮音」とは好い音色であり「うみの琴」となろう。「聖衆来迎図《しょうじゅらいごう》」を見ると、多くの菩薩が描かれているが、右下の最も手前の菩薩が弾いている楽器が箏である。その隣の菩薩は琵琶を手にしている。「琴《こと》」というのは、「琵琶」（四弦）も「箏」（十三弦）も、また「和琴《わごん》」（六弦）「琴《きん》」（七弦）も含んだ名称である。藤村はこうした仏教的な音の高まりを詠んだことになった。現在の教学では、「潮が時節をたがえず満ちてくるように、衆生《しゅじょう》救済に時を失わない」と解釈しているという。そうであれば「海潮音」「潮音」が仏教語ゆえに、僧侶たちの読経音も含んだ藤村の「衆生救済」が潜んでいたことになる。

もっとも、上田敏の訳詩集『海潮音』の意味は、海外の詩の潮流という意味であろうか……。

藤村は、明治学院に入学した翌年明治二十一年六月、十六歳で高輪台町教会牧師の木村熊二により洗礼を受けている。明治学院卒業後、明治女学校に勤務、そこで許婚者のいた教え子の佐藤輔子との愛に苦しみ、明治二十六年一月女学校を辞職、さらに「今回教会員としての籍を退きたく、何卒御除名下されたく候」と退会届を出して教会を離脱した。そうした懊悩を背負って鎌倉や東北の一関などに放浪を重ねたりもしている。その心情を引きずっての仙台行は、先述の「身をも心をも救うことの出来た」日々であり、青春を懸命に取り戻す努力の時期でもあった。神学校東北学院に勤務したとはいえ、既に教会を離脱していた藤村に、意識の有無とは関わりなく、仏教的な心情があっても不思議ではない。

藤村の「潮音」は、本名・春樹の「春」を意識していたかのような青春の横溢をも象徴していたであろう。しかし、藤村の意図とは無関係に、荒浜の海の音を詠った背後には大津波情報を耳にしていたに違いない海への鎮魂が潜んでしまったのである。同僚の布施と泳いだりした浜であるが、翌年の三月十二日には、布施の他、出村悌三郎（英語教授）、田中四郎（数学教授）などと一緒に遊んでもいる。それほど藤村を惹きつけたこの荒浜（深沼）に対して「衆生救済」の願望が無意識に流れていたと考えたい。それは同時に、春到来への待望感であり、三陸海岸仙台湾岸荒浜への今後の希望の潮の音でもあったろう。それはまた「是故須常念」（この故に須《すべか》らく常に念ずべし）、即ち常に念じられていなければならないものでもあった。

浪分《なみわけ》神社という社がある。荒浜海岸から五㎞余の海抜五mの霞目に一七〇二年に建立された。慶長十六年（一六一一）十二月の大津波により、仙台湾岸地域の耕地は荒廃したが、津波はここで二手に分かれたのだという。明治大津波も、昭和八年の大津波もここまでは襲来せず、そのため浪分神社が次第に人々の記憶から薄れていったらしい。

平成二十三年（二〇一一）三月十一日午後二時四十六分十八秒発生のＭ9.0の巨大地震に続いた巨

大津波は、荒浜を壊滅的な惨状に追い込んでしまった。ただこの浪分神社までは寄せず、二㎞手前で止まったという。したがって、そこから海岸寄りは多数の犠牲者・家屋流出の被害に遭遇した。私もかつて何度か荒浜（深沼）を訪れている。泳いだこともあるし、勤務校のマラソン大会で、海浜の片道を二㎞だけ走ったこともある。昨年末の晴れた日に、荒廃した海岸を訪れてみた。海はどこまでも青く、大型船の浮かぶ長閑な光景であった。ただ、この浜の音が、ザブーン、ザザーッという波の音とは別に、ターン、ターンと遥かな彼方から高音で響くことを改めて確認した。いったい何の音だろうかと耳を疑ってしまう。工場などから聞こえる音でも、自衛隊の訓練音でもない。これが太平洋の潮鳴りの音なのかと奇異な、不可思議な感覚に襲われる。それにしても、単なる波の音だけなら、十㎞余も離れた名掛丁まで聞こえるはずがない。ドーン、ドーンというよりターン、ターンと聞こえるこの高音なら、明治二十九年の仙台の夜の静寂《しじま》を破って藤村の耳にも届いたのであったろう。これを「あんな音」と言ったのであろうか。市民も耳にしたに違いないが、これを海の琴と聴き取ったとしたら藤村の感性はただごとでなかったとしか思えない。「とほくきこゆるはるのしほのね」と聴いたのであろうから。

私は荒浜の荒廃を見渡し、浪分神社を訪ねた後、鎮魂の詩と捉え直した「潮音」を静かに諳んじてから、誰の作曲であったか、その詩を小声で歌ったのであった。

三陸大津波への思い

――正岡子規「三陸海嘯」

子規は、俳句・短歌のほかにも漢詩六三〇篇、新体詩六二二篇を残している。詩といえばまだ漢詩を指していた時代であるが、新体詩の詩作にも力を注いでいた。

「明治二十九年」という題で詠んだ二十一篇の新体詩がある。その中の一篇。

三陸海嘯

太平洋の水湧きて
奥の濱邊を洗ひ去る。
あはれは親も子も死んで

屍も家も村も無し。
　人すがる屋根は浮巣のたぐひかな

　明治二十九年（一八九六）六月、陸奥・陸中・陸前、すなわち三陸を襲った大津波被害を詠んだものである。三陸の呼称は、この災害以後から一般に使用されるようになったらしい。

　子規は、明治二十五年（一八九二）十二月、新聞「日本」に入社した。翌二十六年二月、俳句欄を新設して選者になっている。この年、七月十九日、子規は東北旅行に出発した。この旅で、塩釜の景色を眺め、塩釜浦から小舟で松島へ渡り、松島の絶景を堪能している。三十日に仙台へ入り、八月四日まで滞留した後「出羽」へ向かうのである。帰京したのは八月二十日だから、ちょうど一ヶ月間の旅をしたことになる。この時期、子規がこうした長旅をするには、そうとうな勇気が要ったに違いない。というのは、彼の身体は蝕まれ始めていたからである。その始まりは、明治二十一年の八月、二十一歳の時に鎌倉・江ノ島方面に遊んだ際の鎌倉での喀血。翌年の五月九日夜、突然の喀血。なおこの時、子規《ほととぎす》の句を四、五十句作り、初めて子規の号を用いた。こうした体調の中での旅を敢行したのである。ただ、旅行中は喀血することなく、旅の疲れはあったものの無事所期の目的を達し、芭蕉の心情を味わったものと思われる。その旅行記を、「はて知らずの記」として「日本」に連載している。

その四、五年の間、体調が万全だったとも思えないが、二十八年四月、日清戦争従軍記者を志願して中国へ赴く。ただ、まもなく講和条約が締結されたため、戦闘の取材をすることはなく、帰国の途につくのだが、五月十七日船中で喀血。二十三日神戸に上陸すると同時に神戸病院に入院、一時重体に陥った。九死に一生を得たその後須磨保養院に転院、八月二十日に退院、二十八日には郷里松山の夏目漱石の下宿先で五十日余を過ごしている。しかしそれで病状が落ち着いたわけではない。翌二十九年二月、左の腰痛が悪化、腫れて歩行困難になってしまう。三月十七日、リュウマチの専門医に診てもらったところ、結核性脊髄炎と診断され、後にカリエスと判明。そのため、二十七日カリエスの手術を受けた。「余程の大望を抱きて地下に逝く者は我《われ》あらじ…」と記したほどの絶望に陥った。子規がこうした死病に見舞われていた頃の六月十五日、午後七時三十一分、東北三陸地方にM8.5の地震に続き、約三十分後大津波襲来。岩手・宮城・青森の三県で約二二、六〇〇人超が死亡。この日は旧暦で五月五日の端午の節句であり、しかも日清戦争で勝利を収めた前年からの高揚気分に春からの豊漁ということもあって、例年にない節句日となっていたようである。各家々で、一族、友人たちが集まり、酒盛りをしていたらしい。岩手の大槌町では、花火大会を催していたと記録にある。要するに、人々は祝賀気分に溢れていたのである。マグニチュードは大きかったが、沿岸部の震度は二〜三程度のため、津波と結び付けなかったらしい。それに、三陸地帯が津波の常習地と言われるようになったのは後のことで、以前の大津波といえば二八五年前の慶長の津波（一六一一）だったということもある。警戒心がほとんどなかったといってよいだろう。

この惨状は、当然子規の勤めていた「日本」新聞社に、電信でその日のうちに届いていた。ところが、翌日の十六日、「日本」は治安妨害の理由で発行停止処分を受けたのである。おそらくは、大津波報道のパニックを恐れたゆえの発行停止命令であったろうと考えられる。停止処分解除は二十四日であった。二十九日の「日本」紙上に、「海嘯」と題する無署名の時事俳句が掲載されたが、作者は子規というのが定説である。「六月十五日、恰《あたか》も陰暦の端午に際して東北海岸幾万の生霊は一夜に海嘯《かいせう》の為めに害《そこな》はれおはんぬ。あはれ是れ程の損害、天災にも戦争にも前代未聞の事どもなれば、聞くこと毎に粟粒を生ぜずといふことなし」と前書きして、「ごぼごぼと海鳴る音や五月闇」で始まる十四句の俳句を載せている。

前述したように、子規は三年前に一ヶ月間の東北旅行を試みている。塩釜を見、松島に感動し、象潟へも足を伸ばしている。殊に沿岸である塩釜を塩釜神社から眺めて感慨に浸った後、「小舟をやとふて塩釜の浦を発し、松島の眞中へと漕ぎ出づ。入海大方干潟になりて鳧《けり》の白う処々に下り立ちたる山の緑に副《そ》へてたゞならず」と感動、伊達家の別荘「観瀾亭《かんらん》」に入って見渡し、「大島小島相錯伍《あいさくご》して、各媚を呈し嬌を弄す。眞に美観なり。嗚呼《ああ》太閤（豊臣秀吉）貞山（伊達政宗）共に天下の豪傑にして松島は扶桑《ふそう》第一の好景なり。」〈読み・意味筆者〉と、芭蕉と同じ感嘆を発している。そうした沿岸の絶佳が刻み込まれていた子規には、惨状を呈した光景に耐えられなかったに違いない。絶景が喪われたばかりではなく、二万人を超える人々が海嘯《つなみ》の犠牲になったことがいっそう子規を苛《さいな》んだであろう。それは自身の死病との闘いに真向かっているからである。喀血、腰痛、カリエス、寝たきりとうちつづく病魔人生と死との鬩《せめ》ぎ合いは、海嘯犠牲者への哀悼が一般人の比でなかったのである。「三陸海嘯」の詩は、無を詠うしかない。親も子も屍《かばね》も家も村も無いのである。茫々たる大海原が漂うばかりである。俳句で纏めた最終行に辛うじて「人すがる屋根は浮巣」と目に見えるものがある。「浮巣」は鳰鳥《におどり》、つまり鸊鷉《かいつぶり》の巣で、葦の枯葉等で水に浮いて見えているだけで、支えがない。鳰鳥はいざとなれば潜るけれども、人はそうはいかない。それは儚く、「浮巣のたぐひ」でしかない。自分の存在もそこにイメージしていたと考えられる。

「日本」はこの時、子規の後輩記者である五百木瓢亭と画家・中村不折とが現場へ行き、記事と挿絵で報道した。その生き生きした報道を読み、現場へ行けない子規は切歯扼腕《せっしやくわん》したのではなかろうか。それが、俳句となり、詩となったと思われる。

東北地震

奥の海荒れて人溺れ
出羽の地裂けて家頽る。
火宅の住居今さらに
心安くもなき世かな。
　地震さへまじりて二百十日かな

という詩も詠っているが、ここでは、直接自分も足を入れた「出羽」を地名入りで詠う。沿岸部ではない地域にも思いを馳《は》せているのである。
　明治二十九年は、災害が多発した年であった。三陸地震大津波の後、七月の新潟・北信の大洪水、九月十日には子規の住む東京での大水害。この洪水は、明治四十三年の大水災に次ぐ東京三大水害の一つと呼ばれている。子規はこの水害も詩に詠み、「東北地震」の次に掲げた。参考までに記してみる。

府下出水

津浪と聞けばすさまじや

地震と聞くも恐しや。
餘所の哀れと思ひきや
寝耳に水のたとへぐさ
中川堤防ぎ得ず
泥水海と溢れ来つ
寺島須崎一押しに
小梅本所を衝かんとす。
　都かな悲しき秋を大水見

これまで挙げた「明治二十九年」という一連の詩は三十年に作られているものである。この頃の子規は歩行困難になり、出かける時は人力車を利用していた。この年の三月には腰部の手術も受け、四月になると病状が悪化して、医者からは談話さえ禁じられている。こうした子規にとっては、災害時の避難は容易でない。東京水害はなみなみならない恐怖だったはずである。そういう中で、文学活動を続けた子規の姿には鬼気迫るものがある。子規の名である「常規」を音読みにした筆名に「丈鬼」があるが、まさに丈鬼といえようか。

詩といえば漢詩を指していた時代とはいえ、子規は十一歳にして漢詩作りを始めている。その題も「聞子規」（子規《ほととぎす》を聞く）で、その下に「余作詩以此為始」〈余の作詩は此れを以って始めと為す〉とある。「一声孤月下　啼血不堪聞　半夜空欹枕　古郷万里雲」〈一声孤月の下　啼血聞くに堪へず　半夜空しく枕を欹《そばだ》つ　古郷万里の雲〉〈書き下しは全集注釈〉。早くも後年の筆名を詩にしている。ただ、ホトトギスは鳴き続けて喉が破れ、血を吐くという風に昔から考えられていたようだから、少年の子規もそういう意味で、慣用的に詠んだのだろうか。それとも、筆名を子規にするのは十年後なのだが、「啼血不堪聞」と詠んだ少年は、後年の自分の姿を直観していたのであろうか。つまり、自分の身体に何か違和感を覚えることがあったのだろうか。

それにしても、明治の三陸大津波を詩に詠んでいるのは貴重である。親友漱石には一句（「海嘯去って後すさまじや五月雨」）を見出したが、宮城出身の詩人・土井晩翠や作家・真山青果、歌人・落合直文等は、どう表現したのであろう。

凋落

――芥川龍之介「沙羅の花」

読んですぐ暗誦したくなる詩がある。例えば、芥川龍之介の詩、

また立ちかへる水無月《みなづき》の
歎きをたれにかたるべき
沙羅のみづ枝《え》に花さけば、
かなしき人の目ぞ見ゆる。

二十代の頃に出会い、今も暗誦している。六月になると、ふっとこの詩を思い浮かべて口ずさむのである。ただ、口ずさむたびに、「水無月の歎き」とはどんな歎きなのか、沙羅の花が咲く

とどうして「かなしき人」の目が見えるのか、水無月と沙羅の花はどんな風に繋がるのか、などと……長い間疑問を持ち続けている。

芥川龍之介は、我鬼の俳号をもつ俳人としても知られているが、短歌や詩作品もずいぶんと残している。手元の筑摩書房版全集第六巻詩歌欄には、約四十篇の詩が載っている。解説によれば、そのほとんどが篋底《きょうてい》（箱の底）に秘められていたもので、世に示さなかったものだという。ただ、書簡に記された詩もあり、書簡が公表されたために読者の目に触れるようになったものもあるようだ。この詩は大正十四年（一九二五）四月十七日付、室生犀星宛書簡で、次の詩の後に続いている。

歎きはよしやつきずとも
君につたへむすべもがな。
越《こし》のやまかぜふき晴るる
あまつそらには雲もなし。

二連から成るということになる。詩の前には、「詩の如きものを二三篇作り候間お目にかけ候。

よければ遠慮なくおほめ下され度候」とあり、詩の後ろには「但し誰にも見せぬやうに願上候（きまり悪ければ）」とある。「おほめ下され度」と書く一方「誰にも見せぬやうに」と屈折した真情を吐露している。当時芥川は、四月十日から五月六日まで修善寺温泉の新井旅館に滞在中であり、そこから犀星宛に出されたものである。

　約四十篇の詩には、翻訳詩を除いて十二種類の植物が登場する。そのうち、蝋梅と沙羅が二度詠われているが、特に沙羅に注目したい。というのは、犀星宛書簡より三年前の大正十一年八月、短編小説集『沙羅の花』が刊行されているのである。それには、七月の日付で「自序」を記している。出版の企図を述べた短文の終わりに、「沙羅の花は和漢三才図会に拠れば、『白単瓣《しろたんべん》状似山茶花而易凋《じょうはさざんくわににてしをれやすし》』と云ふ事である。是等の作品も沙羅の花のやうに、凋落し易いものかも知れぬ。かたがたふと思ひついた通り、この選集の名前にする事とした」とある。これによると芥川は、沙羅を山茶花のイメージで捉えていたとも考えられる。しかしそうなると、山茶花の花は秋から冬にかけて咲くので、水無月の花からは外れることになろう。

　沙羅はいわゆる沙羅双樹として知られるが、百科事典などでは「インドの高地に自生するフタバガキ科の落葉高木」「花は淡黄色五弁で径約三cm」と説明されている。山茶花の花は白色・淡紅・濃紅と説明されているので、花の色も沙羅の花とは異なってしまう。一方、庭木として植えられているものに沙羅樹がある。寺院などにも植えられて、サラノキ・シャラノキと呼ばれる。

別名、夏椿という。「六月頃、葉腋に大きな白花を一個ずつ開くが、開花後間もなく散る」(『広辞苑』)。これなら、六月《みなづき》に咲く白い花、開花後間もなく散る萎れ易い花である。もっとも、日本の広い地域に亘って、サルスベリも夏椿と呼ばれている。白い花も咲くが、しかし、百日紅とも記すように紅い花が多く、花期も長いので、凋落し易い儚さとは無縁であろう。

全集四巻には、三十篇の短文が小品として纏められている。その一つに、大正十四年五月に書かれた「沙羅の花」がある。百字足らずの文章だが、「沙羅木は植物園にもあるべし。わが見しは或人の庭なりけり」とあり、おそらくは庭木としての夏椿であったろう。この文章の後に、冒頭の詩がそのまま記されているのである。芥川が、沙羅の花を「凋落し易い」と認識したのは、和漢三才図会の注釈もさることながら、或る人の庭で目撃した夏椿の実景によるものではなかったろうか。

「森先生」という短文の未定稿に、或る夏の夜、まだ文科大学の学生だった頃、「観潮楼へ参りし事あり」とある。観潮楼とは、森鷗外の二階建ての書斎である。この庭に、沙羅の木(夏椿)が植えてあった。したがって、「或人の庭」とは、鷗外の居宅・観潮楼の庭だったと思われる。しかも、鷗外は、大正四年(一九一五)に、詩集『沙羅の木』を刊行している。参考までに、同名の詩を掲げる。

褐色《かちいろ》の根府川石《ねぶかわいし》に
白き花はたと落ちたり
ありとしも青葉がくれに
見えざりしさらの木の花

芥川の詩題名とは一字違いである。鴎外の影響がなかったとはいえまい。

さて、約四十篇の詩の中に、詩作年月は分からないが、やはり「沙羅の花」という題で、

沙羅のみづ枝に花さけば
うつつにあらぬ薄明り
消《け》なば消ぬべきなか空に
かなしきひとの眼ぞ見ゆる

という一篇もある。冒頭の詩に先行して作ったのではなかろうか。さらに、「相聞」という題で三篇が詠われているが、「相聞三」が冒頭の詩、つまり犀星宛の詩の二連と同じものである。た

だ一ヶ所、「歎きをたれに」が「歎きを誰に」と、「たれ」が漢字になってはいるが……。これらも詩作年月は不明だが、ただ、「相聞」と題されているので、相手へ送る恋愛詩と考えられる。それにしても、芥川は「沙羅の花」の題名を小説集に使用して以来、数回使った。それほどに、凋落し易い花に惹かれていたということであろう。これは、芥川の生き方、人生の過ごし方を暗示していたと思えてならない。彼の作品に、長編のないのも関連しているのではないだろうか。犀星宛書簡の終わりには「僕はちよつと大がかりなものを計画してゐる。但し例によつて未完成に終るかも知れない」と記しているが、これは長編小説執筆の計画をたてながら、挫折することを予兆させている。「例によつて」とある通り、芥川自身の、「凋落」を語っているように思えてならない。いわば、自らの生を沙羅の花の「凋落のし易さ」に見ていたのではないだろうか。

ところで、「また立ちかへる水無月」―今年もまた巡ってくる水無月―になると、芥川は「歎き」に襲われている。この詩に「相聞」の題が冠せられると、水無月が重要な意味を持つ。芥川の年譜を見る限り、六月の行動が希薄なことに気づく。行動ばかりではない。多くの作品を執筆・刊行したに拘わらず、なぜか六月の執筆・刊行が極端に少ない。それゆえ、「我鬼窟日録」に、大正八年(一九一九)六月一日から二十六日まで、数行ながら覚書風に行動が記され続けているのは有難い。九月も二十日間の記録がある。芥川、二十八歳。この年の六月十日、岩野泡鳴を中心とする「十日会」に芥川は初めて出席した。菊池寛や有島生馬等十数名と、岩野泡鳴夫人ら

四、五名の女性も参加している。この中に人妻の女流歌人・秀《ひで》しげ子がいた。広津和郎が芥川から紹介してくれと頼まれていたともいう。この美貌の女性に、芥川はたちまち魅せられたらしい。彼は秀を愁人と呼んだ。「秀」と「愁」を掛けたものと思われる。九月十五日「始めて愁人と会す。夜に入って帰る。心緒乱れて止まず」。同二十五日「愁人と再会す。夜帰。失ふ所ある如き心地なり」と見える。深い付き合いが展開されたことを推察させる。と考えれば、「水無月の歎き」に合点する。「歎き」とは、相手を深く愛して思わず吐いてしまう溜息であろう。したがって、六月になり、沙羅（夏椿）のみずみずしい若い枝に白い花が咲くと、それが秀しげ子に重なって見え、愛《かな》しい人の透き通る瞳が浮かぶのである。妻のある芥川が、帝国劇場の電気技師だったという夫を持つ歌人を恋したのである。当然「歎き」は深く、沙羅の白花にも似た相手をいちだんと「かなしき」（愛しき）人と思う。しかも、凋《しぼ》みやすさを潜めている花ゆえ、その恋の儚さを暗示していよう。儚いがゆえに、誰にでも訪れそうなひと時の恋心である。

私としては以上の解釈で満足したい。これで長年の疑問が解けたと思うからである。

ところが、「遺書」が満足を許してくれないことに気づいた。昭和二年（一九二七）、自殺した芥川が小穴隆一に宛てた遺書の一部を引いてみる。「……大事件だったのは僕が二十九歳の時に□夫人と罪を犯したことである。僕は罪を犯したことに良心の呵責は感じてゐない。唯相手を選ばなかった為に（□夫人の利己主義や動物的本能は実に甚しいものである。）僕の生存に不利を生じたことを少からず後悔してゐる。」とある。この□には、「秀」が入るのは文壇仲間では周知だった。遺稿として残された作品「或阿呆の一生」や「歯車」からも指摘されている。例えば前者「二十一　狂人の娘」に「動物的本能ばかり強い彼女に或憎悪を感じていた。」とあり、遺書と同じ表現が見られる。後者では「僕の復讐の神、―或狂人の娘」と表れ、秀しげ子は或狂人の娘と化してしまったのである。

それにしても、芥川が魅かれた女はしたたかであった。もっとも、芥川は秀しげ子の他にも付き合った女性がいて、「僕と恋愛関係に落ちた女性は□夫人ばかりではない」と遺書は続く。「僕は三十歳以後に新たに情人をつくったことはなかった。これも道徳的につくらなかったのではない。唯情人をつくることの利害を計算した為である。（しかし恋愛を感じなかった訳ではない。僕はその時に「越し人」「相聞」等の抒情詩を作り、深入りしない前に脱却した。）」という。すると、同じ詩でも、「相聞」の題を冠せられた詩は、深入りから脱却するための詩だということになる。ただしそれは、三十歳後の自分への戒めであった。新しい情人を作らないための呪文のようでもある（「越し人」はまた別女性である）。

ということになると、「歎き」と「かなしき」の意味が逆転するのではないだろうか。すなわち、「歎き」は感動の溜息ではなくなり、「悲嘆」ということになろう。また「かなしき」は愛しい心ではなくなり、憎悪を含んだ心情から発する「哀しい」ことになりはしないだろうか。それは哀れの心情といえるかもしれない。

どうやら、この詩が複数残っているのは、そういう心情の変遷を辿らせる狙いではないかとさえ思えるのである。しかしどうあれ、私はあいかわらずこの詩に魅かれている。

流転の意味

――吉川英治「昭和二十五年冬旅中」

昭和二十五年冬旅中

松喰鳥のむかしより　世は滄浪の上なれや
古き蒔絵の蓬莱に　見る日之本も今の世も
流転は長き常なるを　君よ　おどろくことなかれ
清盛塚の松風を　平家の曲と聞きなして
原爆のあえなき都　広島の灯を杯に
ここ一葦帯水の地　浪奏ず大鳥居に
酔うべかりけれ　安芸の宮島

松喰鳥……『広辞苑』にも百科事典にも見当たらない。『大言海』にも載っていないが、「松喰鶴」はある。「織物、蒔絵ナドノ模様ニ、鶴ノ、松ノ枝ヲ咥《クハ》ヘテ居ル状ノモノ」である。鶴も鳥だから、吉川英治はそれを言ったのであろう。「むかし」というのは、詩中の語から察するに平家の栄えた時期の頃であろうか。「滄浪」とは、青々とした浪。日本の国そのものが滄浪の上に浮かんでいるのである。「蓬莱」は、仙人が住むという霊山、蓬莱山であろう。「一葦帯水」は一般には「一衣帯水」と書き、一本の帯のような狭い川や海をいう。題が示すように、冬の旅をした時の詩作だが、旅先は安芸の宮島である。安芸の宮島とは厳島。日本三景の一つであり、世界遺産にも登録されている。詩中にもあるように、平清盛による信仰が厚く、平家納経などで名高い。

　吉川は、『随筆　新平家』という長編を残しているが、その中に（二六・七・二九）の日付入りで書いた「宮島の巻」という章がある。ここに挙げた詩の題に、昭和二十五年冬とあるから、随筆は翌年に書かれたものである。その随筆に次のような個所があるので、ちょっと長くなるが引用してみる。「それは伝《でん》平ノ重盛の紺糸縅しと隣り合っていた。ぼくは背中合せに、同じ人、小松重盛が納めた物という青貝の松喰い鳥をちりばめた細太刀の姿に見惚れてしまう。どうして一筋の刀の鞘や柄に、こうまで行き届いた良心と優雅な表現を打ち込めたものかと感心する。」とある。ここに「青貝の松喰い鳥」が語られていたのである。それは「細太刀」の鞘とか柄にちりばめられていた。そして吉川は、それをちりばめた製作者について思いを巡らせている。とりわけ製作者たちの「食生活の貧しさ、家居のみじめさ」を語る。それはおそらく、自分自身の身の上と重ねていたからではないだろうか。この時吉川英治五十九歳。

次男の吉川は、それまで隆盛していた父の事業、横浜桟橋合資会社が失敗したため、突然小学校を十一歳で中退させられてしまう。そのため印刻店勤めを皮切りに職業を転々としながら少年時代を過ごすのである。十八歳の時には、勤務先の横浜ドックで転落、人事不省に陥るという九死に一生を得た体験もしている。それを機に上京して会津蒔絵師の徒弟となり、米とぎ、水汲みなどしながら修行している。詩中「古き蒔絵」と出てくるが、おそらく体験に裏打ちされた表現であったろう。吉川自筆年譜を見ると、昭和二十五年までに経た職が十三種を数える。印刻→活版→給仕→店番→店員→土工→給具工→工員→徒弟→蒔絵師→広告文案係→東京毎夕新聞家庭部員―（関東大震災）→牛飯販売、といった状態である。さらに転居にいたっては十八度。その間、「一家食せざる日もあり」とあって、想像を絶するような窮乏生活もしている。そうした中での独学も並大抵のものではなかったはずだから、残した膨大な物語群・小説群にはただただ驚くばかりである。「流転」とは生死の輪廻のことばかりではあるまい。まさに、吉川の転居・職業こそが流転だったのである。だから、松喰い鳥の製作者を思い浮かべる時、彼は身につまされていたのである。

再び随筆を引いてみる。「『あれが、清盛塚です。――清盛塚は音戸《おんど》ノ瀬戸にもありますがね』

と、権宮司さんは指さしていう。ぼくらは、ほっと、一息つく。「広島の方にも灯が見える。広島の灯はまたたいている。あの無数な光のまたたきは、何を哭《な》くのか。でなければ、希望しているのか。もう、ふたたびは、暗くしてはならないとしているあの地上。」。詩の後半部分の背景であろう。清盛塚を渡る松風を、琵琶法師が語る平曲のリズムのように聴きながら、原爆被弾によって夥《おびただ》しい死者の埋まった都・広島に思いを寄せる。平家の滅亡と広島の惨状とを重ね合わせたのである。厳島も広島。したがって一衣帯水。海中に立つ有名な厳島神社。その大鳥居には浪が寄せて音を奏でる。その昔権勢に奢った一門も滅亡、残った社殿や納経が壮麗、多彩であるがゆえに、悲しみが際立つ。しかしそれも流転、あれも流転。この安芸の宮島に来て、人生のこのひと時を、まずは酒に酔ってみるのもよいか……。

ところで吉川は詩の冒頭一行目の表現を好んでいたのであろうか、こんな詩がある。

ある人の結婚を祝して

松喰虫のむかしより　世は滄浪の上なれや
いまさら何を浮世とや　亀甲の背より妹が背にこそ

と今様（七五調四句）風に詠んだ詩がある。もっともここでは、松喰鳥ではなく、松喰虫になっている。吉川の間違いだろうか。それはともかく、共に「むかし」の枕詞風に用いている。「むかし」を強調したかったのであろうか。ただ、松喰鳥は紋様だが、松喰虫は、様々な虫の俗総称で、個々に松を食う虫が実在するのである。

要は、亀の背中に乗って「滄浪」の底にある楽園の竜宮に行くよりは、新妻（妹《いも》）の背中に乗りたまえ、とでもいうようないささかエロスを含んでいよう。「背」には夫という意味もあるから、語句的にも、夫婦を意味する「妹背《いもせ》」を掛けたに違いない。吉川の詩には、そうしたユーモアを含んだ語の使用も見られる。例えば、「昭和二十五年旅中」という前記の詩と紛らわしい題の三行詩がある。

旅はさびしきものなるを　君を薬師とたわむれて
熊野の山も紀の宿も　友らはかぜにしわぶきつ
ここ宮島にたどり来て　あかぬ別れと安芸の宮島

という詩。病苦を救ってくれるはずの「薬師」とたわむれながら、友らは「かぜ」（風邪）にしわぶく（咳《しわぶ》く）のである。してみると、「君」そのものが風邪をひいていたことになろうか。また最終行の「飽《あ》かぬ別れ」とは、名残り尽きない別れのこと。一方、「安芸」には「飽き」を掛けている。そうでないと、「あかぬ」の効果がない。こんな風に、吉川には遊びめいた語句の使用があり、その人柄が偲ばれる。

ところで、吉川の年譜は自筆年譜が用いられている。付記として「数字的な記憶は自分でさへあやぶまれる」とあり、実際、昭和二十八年発行の『吉川英治集』（角川）年譜と、昭和五十九年版『吉川英治全集』（講談社）（四十六巻）の年譜とでは違いがある。記憶違いで訂正したのであろう。困るのは、吉川たちが旅をした昭和二十五年について、前者（二十八年版）は空白、後者（五十九年版）には「新・平家物語」着手とあるが旅をした記録はない。『随筆　新平家』を執筆した翌二十六年については、前者には後者の二十五年の年譜がそのまま載っており、後者は空白。後者が訂正した年譜であるはずだが、二十七年にいたっては、両者とも空白のままである。二年に亘る空白はどういうことなのだろうか。後者の年譜によれば、二十五年（一九五〇）六月、次女が誕生している。吉川五十八歳。その前年の四月には、「病後の妻を伴い、吉野山を見、大和地方に遊ぶ」とある。妻文子は、「終戦。妻文子病む。久しく不起」とあるように、二十年（一九四五）から病臥していたらしい。その年の東京空襲の際、昭和三年から養女として育てていた娘を失っている。「女子挺身隊にありての犠牲」となった十九歳。「数日、焦土に行方を求むるも一片の遺物だに」なかった。おそらく、文子の病臥はこれによるものであったろうか。ただこの時点では、文子の産んだ二男一女はいるのだが……。病状がどこまで回復したのであろうか、夫婦で吉野山旅行をした翌年次女が誕生したのである……。そして二十六年、二十七年の年譜は空白のまま。二十八年は、菊池寛賞受賞を機に、「内助の人たりし妻文子との結婚披露をこの宴に擬す」とある。吉川六十一歳。それまで前妻の眼を避けて温泉地を転々、そこで知り合った「一妓」と同居したり、文子と結婚後も「膝づめにて離婚条件を提出」したり、苦労が絶えなかったらしい。それらすべてが流転ということになろうか。

耽溺の色彩

――永井荷風「よし町」

永井荷風は、小説はいうまでもなく、訳詩・和歌・狂歌・俳句・漢詩と幅広い作品を残している。戦後の昭和二十三年（一九四八）には『偏奇館吟草』という詩集も発行しているが、ここでは、小唄をとりあげてみたい。多くの女性遍歴をした荷風にはそれが相応しいのではないかと思う。泉鏡花の場合は「唄」であるが、唄も小唄も同様と思われる。小唄という場合、特に明治末期から昭和前期にかけて流行した歌謡の一種と捉えられている。江戸末期から流行《はや》った江戸小唄の流れを汲むものらしい。辞書の説明によれば、粋《いき》でさらっとした短い歌曲。清元《きよもと》関係者が作曲したものが多いらしく、三味線の撥《ばち》を使わず、爪弾《つまび》きするのだという。新作も多いらしい。荷風全集（岩波書店版）には数篇しか見当たらないが、小唄を作るところに、荷風の生活の一端を偲んでみたい。

よし町

義理の座敷をソト抜けて
茶屋の手前も気をかりがねの
葭町ふけし月影に
飛んで中洲《なかす》の逢引《あひびき》や
深くなるとのまじなひに
わざと今宵《こよひ》は一ッ目の
島田にゆひしあらひ髪
鬢《びん》のほつれを見とがめて
うたぐるお前の　ヱ、　わけ知らず

二行目以外は、最終行が一字字余りになってはいるものの、七五調のリズムである。この小唄は、大正十五年（一九二六）四月、「郊外」（郊外社発行）の東風流別座小唄のうちに発表されている。最終行の「ヱ、」などは小唄の特徴であろう。

よし町（葭町）は、文字通り葭《よし》（葦と同じ）の生えた湿地帯だったが、江戸初期に埋め立てられ、元和三年（一六一七）に各地に散在していた遊里を集めて葭原（吉原）と称したらしい。現在の日本橋人形町。ところが明暦の大火（一六五七）で全焼したため移転、新吉原として繁盛した。現在の台東区千束。したがって、題名そのものが古称だから、江戸時代を仮想して詠んだものであろう。まさに清元流といえようか。

義理で出ている座敷を遊女がそっと抜け出す。もちろん男に会うため。「気をかりがねの」の「かり」（借り）には遊里語としての特別な意味があって、すでに客のある遊女を別の座敷から呼ぶことである。この遊女は呼び出されたわけである。ここでは「かりがね」と掛けていよう。かりがね、すなわち雁が飛ぶ秋の月夜を想定しながら、「飛んで中洲の逢引」をする。中洲は隅田川の西岸で、江戸後期に埋め立てられた地だから「葭」と結びつく。その後撤去されるまで、納涼地として、また岡場所として栄えたという。遊女は洗い髪を島田（日本髪では最も一般的な女髷《まげ》で、特に未婚女性や花柳界の女性が多く結ったという）に結っているが、鬢《びん》（頭の左右側面の髪）がほつれている。男に呼び出され、急いで飛んできたせいであろう。ところが男はそれを見咎《みとが》める。他の男と「深く」なったせいではないかと。それで遊女は「ヌヽ　わけ知らず」と恨んでいる風情……と、こんなところであろうか。

この小唄を発表した大正十五年は荷風四十七歳。八十歳で死去したが、四十七歳までの行路も実に多彩である。本名は壮吉。あまり丈夫な身体ではなかったらしい。十五歳の時も、首のリンパ腺が腫れる病で入院している。ただその際お蓮という看護婦に憧れ、それで荷風という号を得たのだという。つまり「蓮」は、水生植物のはすなので、同じはすの「荷」を用いたということであろう。全集の年譜によれば、神田にある高等師範学校附属学校尋常中学科五年の時、初めて吉原に遊んだとある。十八歳。それがきっかけになったのであろうか、以後の荷風の周りには大勢の女たちが名前を顕してくる。二十四歳の時、父の勧めで渡米しているが、一等船室の同室で親しくなった人物が、荷風について「温厚ナル才子ナリ多少東京に在ル時分講武所ノ芸者ニ金ヲ使フタル様ナリ女ノ写真ト紙入ヲ大事ニ鞄ノ中ニ所持シ僕丈ニ見セテ呉レタ」という風に記している。この頃から芸者との付き合いが始まっていたようである。渡米した現地でも、イデスとかロザリンという女性と親しくなったとの記述がある。特に、渡仏を父に反対されてからは、娼婦のイデスと耽溺生活を送ったらしい。帰国したのは二十九歳の時。帰国祝賀会では変装して浅草界隈を遊び歩いていて、そのうち花柳の巷に足を入れることになる。この年、柳橋芸者小勝（鈴木かつ）と馴染む。翌年明治四十二年（一九〇九）には新橋の妓、富松（吉野コウ）との交情。四十三年、三十一歳の若さで慶應義塾大学部文学科教授に就任。月給総額一五〇円。この年、新橋の八重次（内田ヤイ）と交情が始まったが、この八重次とは一緒に哥沢《うたざわ》の稽古に通い始めている。哥沢とは、幕末期に大流行した端唄の一派。端唄とは小品の三味線歌曲で、ここから哥沢や小唄が派生している。したがって、荷風は自ら小唄を唄い出すようになっていく。四十五年になると、痔を悪化させたり、身体不調に陥る一方で、三味線や哥沢に熱を入れる。そして九月に、材木商の娘、二十二歳の斎藤ヨネと結婚するが、八重次と手を切ったわけではない。翌年に父親が死去すると、ヨネと離婚する。新曲の節付けや振り付けをしたり、河東節《かとうぶし》を取り込んだりしている。河東節は浄瑠璃の流派の一つで、主として座敷芸。曲風は生粋《きっすい》の江戸風で、優美華麗といわれる。大正三年には八重次がリュウマチに罹ったため妓家をたたんで隠れ住んだので、二人の交情はいちだんと深まる。その五月、荷風は食あたりのため発熱、療養が半月に亘った際、八重次の看病振りと才に荷風の母親が感服、八月に二人は結婚するのである。ところが翌四年、八重次が置手紙をして家出、離婚してしまう。荷風の体調がすぐれず転居。哥沢を止めて、清元節に転じた。荷風は清元節を稽古したのである。清元節も浄瑠璃の一派。江戸歌舞伎の舞踊劇の音楽として盛行したという。この年、新橋芸者米田みよを身請けしている。翌五年には、慶応義塾の教授を退職。辞職を強いられたらしい。在勤六年分の手当四五〇円が支給された。年の暮れ、神楽坂の芸者中村ふさを身請け。体調はすぐれず、病臥しがちであったが、清元梅吉のもとへ通い、稽古をしている。清元梅吉は清元節三味線方の芸名。この時の梅吉は三世で、後に「お夏狂乱」などを作曲、人間国宝となり文化功労者にも選ばれている。清元の会合では、荷風もしばしば語りをしている。ただ、清元だけではおさまらず、薗八節《そのはちぶし》の稽古も始めている。やはり浄瑠璃の一派だが、清元節とは異なり、地味で落ち着いた趣があるという。荷風の芸域が広かったということになろう。八年、芸者八重福との交情。清元節、薗八節の稽古に励むかたわら、新内節《しんないぶし》の稽古も始めた。これも浄瑠璃の一派だが、心中道行《みちゆき》物を主として人情の機微を語るのが特徴という。九年には再び中村ふさを女中代わりに家に入れ、五月には偏奇館と名づけた洋館を普請して転居。翌十年には中村百合子と交情、さらにその翌年は清元秀梅との交情。しかも、玄人女性のみならず、十二年（一九二三）六月になると囲者素人女《かこいものしろうとおんな》を周旋する家を訪ねてハイカラ髪の女を紹介されている。この年の九月一日、関東大震災が発生。震災後、今村お栄と関係を持つ。そのお栄を偏奇館に住まわせるが、翌年病気養生を理由に偏奇館を去る。十四年になると、赤坂に住む私娼と知り合い、その方面の情報を得てゆくことになる。その頃、野中直という女を赤坂に囲っていたが、同時に私娼大竹トミとの交情も始めている。そして、十五年、大竹トミとの交情が深まり、見坂に囲う……。

以上のような過程の中で、「よし町」が作られている。してみると、こうした女たちとの交情からの機微、清元節・薗八節・新内節などを通しての浄瑠璃世界の人情からの唄心などが溢れた小唄ということになろうか。病がちではあったが、荷風四十七歳。八十歳まで生きた荷風にしてみれば、いわゆる男盛りといってよいだろう。

新橋芸者との馴染みも多いせいか、「新橋」という小唄も作っている。殊に八重次とは結婚まででしたことを考えれば、「新橋」の題名にしたのも頷ける。

橋の名もむすぶの神の出雲《いづも》とや
ぬしとわたしの仲通《なかどほり》
かけしえにしは何時《いつ》までも
築地の河岸の夜の雨
ふけた座敷のむつごとに
乱れし髪も鍋町の
髷《まげ》にゆふ日はいつ金春《こんぱる》よ
首尾の日吉《ひよし》をまつぞえ

ぬし（あなた）とわたしが結ばれたいと願っている心情を唄う。掛詞を多用した唄である。「仲通」は二人の仲。「かけし」は架けた橋と縁《えにし》を掛ける。「築地」は地名と「尽きじ」。「ゆふ」は夕と結ふ。「金春」には「来ん春」も。「日吉」は「日佳し」。髪を髷に結って妻となる春はいつ来るやら、うまくいく佳い日を待っているわという、夜更けまで続く「睦言《むつごと》」が聞こえてこよう。荷風と八重次は実際にそうなったのである。

ところで後のことになるが、「断腸亭日乗」昭和十一年（一九三六）一月三十日の欄に、「つれづれなるあまり余が帰朝以来馴染みを重ねし女を左に列挙すべし」とあり、一から十六まで番号をつけ、名前をローマ字の頭文字で記した下に、それぞれの女性を説明している。荷風五十七歳だから、「よし町」を作った十年後である。いずれにしても、これらの女性たちと荷風は睦言を交していたということであろうか。それはともかく、大正十五年までの行路まででも、十名を超える女性が登場している。金に窮しない環境に育ったにしても、まさに耽溺の色彩を振りまいたといえよう。

森に潜むもの

――石川啄木「雲は天才である」より

啄木接近へのきっかけは忘れもしない。高校入学直後、文芸部入部の勧誘をうけた。それは私の志望でもあったからすぐに入部手続きをした。文芸部誌は「文藻」といった。上級生の強制で、作品を発表した。当時私は、川端康成と堀辰雄に凝っていた。意識的に、堀風の作品を発表すると、ある朝自宅に、近所の上級生が顔を出した。文芸部の女子同級生に頼まれたといって、私に紙包みを手渡した。三年生の女生徒からというだけで、一年生の私は緊張して受け取った。手紙と一冊の雑誌だった。正確な内容は忘却したが、堀辰雄の真似をするのもよいが、もっと社会に目を向けてはどうか、というような趣旨で、参考に雑誌をあげます、とあり、雑誌が河出書房の「石川啄木読本」なのであった。啄木の名前は知っていても、読んだことはなかった。というのは、彼が渋民村出身と聞いていて、私の故郷・摺沢町（現・一関市大東町摺沢）の隣が渋民村だったからである。つまり、隣村出身者ということで、有難味を感じなかったことによる。ところが、その読本により、渋民は渋民でも、盛岡の隣の渋民村だと知り、考えが一変した。しかも、仲間が増えるにしたがい、啄木に傾倒していた友人が現れた。彼が、小説「雲は天才である」を語り、その中の詩を歌いだしたのには仰天した。何名かで彼にせがんでその詩を教えてもらい、血を滾《たぎ》らせて歌ったものである。だから今でも歌える。後で分かったが、これは古賀政男が戦前に作曲したものである。現在の渋民小学校の校歌でもある同詩は、戦後、清瀬保二によって作曲されたものである。ここでは、「雲は天才である」の詩を、五連まであるが、一連・二連だけ記してみる。

春まだ浅く月若き
生命《いのち》の森の夜の香に
あくがれ出でて我が魂《たま》の
夢むともなく夢むれば
《さ霧の彼方そのかみの
希望《のぞみ》は遠くたゆたいぬ》

「自主」の剣《つるぎ》を右手《めて》に持ち

左手《ゆんで》に翳す「愛」の旗
「自由」の駒に跨がりて
進む理想の路すがら
今宵生命の森の蔭
水のほとりに宿かりぬ

一連の《　》内は、昭和十一年（一九三六）春、映画「情熱の詩人啄木」が製作された際、原典にない二行を創作挿入したものである。熊谷久虎監督が安達伸男助監督に委嘱したのだという。私も友人たちもそれと知らずに、長年、啄木作として歌い続けたことになる。

ところで、一・二連を記したわけは、「生命《いのち》の森」という語句が繰り返されているからである。歌人としての啄木はあまりにも有名になったが、もともとは詩人志望で、十九歳で詩集を上梓している。『あこがれ』である。他にも多くの詩を発表しているが、筑摩版全集を繙《ひもと》いてみると、「雲は天才である」の中の詩は収められていない。ただ、「校友歌」として、「渋民尋常小学校生徒の為に。丙午七月一日作歌」の前書きのもと、五連まで作られている中の、四連四行だけが同じものである。もっともその部分は、「雲は天才である」には、五連に置かれているのだが……。

なお、丙午《ひのえうま》年とは明治三十九年（一九〇六）で、啄木二十歳。

啄木生誕地の渋民村は、遠くに岩手山を望み、近くに北上川が流れる地である。自然豊かな環境で、多くの生き物たちに囲まれていたことも意味する。例えば自らの筆名ともなった啄木鳥《きつつき》。彼は、「啄木鳥」の題で、二篇の詩を残しているが、その一節に「生命の森」の表現がある。啄木にとっての森は「不断《ふだん》の糧《かて》」でもある。それは、「森の追懐」「森のおもひ出」「森の路」「森の中」という題で詠われているほどである。この森は、啄木には具体的な場所を意味した。「森の追懐」の後書きに「森は郷校のうしろ」とある。渋民尋常小学校の背後である。この森が、幼い頃から啄木に豊かな想像・幻想を抱かせ、創造力を掻き立てたのではないだろうか。四連詩「ひとりゆかむ」に、「幻想《おもひ》の森」「あまき森」「忘我《われか》の森」「ゆらぐ森」「祈りの森」「愛の森」「黄金花岸《こがねはなぎし》うかぶ森」と、森がさまざまに表現され、四連の最後で「ああ我がいのち」と結ばれている。まさに、「生命の森」なのである。

この「森の追懐」の後書きを全文掲げてみよう。「癸卯《みずのとう》十二月十四日稿。森は郷校のうしろ。この年の春まだ浅き頃、漂浪《ひようろう》の子病を負ふて故山《こざん》にかへり、薬餌《やくじ》漸く怠《おこ》たれる夏の日、ひとり幾度か杖を曳きてその森にさまよひ、往時の追懐に寂寥の胸を慰めけむ。極月炬燵《ごくげつこたつ》の楽寝、思ひ起しては惆悵《ちゆうちよう》に堪へず、乃《すなわ》ちこの歌あり」(「漂浪」～放浪。「故山」～故郷。「薬餌」～薬と食事。「怠たれる」～病気が快方に向かう。「往時」～昔。「極月」～十二月。「惆悵」～嘆き恨む様子)〈読み・注は筆者〉。癸卯は明治三十六年(一九〇三)なので、啄木十七歳の文章である。前年、大詩人になろうという大志を抱いて上京したが、金を使い果たして困窮、心身を病むことになった。そこで翌年、父が啄木を迎えに上京、二月二十七日に帰郷している。「漂浪の子病を負ふて」とは啄木自身である。そうした、いわば敗残の心情にあったが、故郷の森をさまようちに気持ちが回復していく。「この森緑の揺籃《ゆりご》に甦《よみが》へりぬ」と詠われ、森は啄木の揺り籠となって慰めるのである。そうなると昔の思い出は「不滅の追懐《おもひで》」となり、「啼け杜鵑《ほととぎす》よ」と自らをホトトギスにして啼かせようと決意してゆく。啄木にとって、森とはそういう存在なのであった。

明治四十一年（一九〇八）七月号の「明星」に、啄木の散文詩「曠野」が載っている。詩というより、掌編というべきだろう。森の中をさまよい、三方の路に出くわして方角を見失う。一匹の飢えた赤犬に出遭い、その犬を殺して号泣しながら茫然と佇んでいる内容である。「森の中」という詩の、

ゆき〳〵て路は曲りき。
大いなる白き獣
我が前に路を塞ぎて
うづくまり動くともせず。
と見て我が足はとまりぬ、
俄かにも胸ぞさわげる。

の部分を連想させる。この後ろで、それは獣ではなく、木々の間から漏れて地を染めている日の光だと分かる。それほどに、詩人は病んでいたことになる。前述の、失意に見舞われて帰郷した当時の心情の表出であろう。十六歳で盛岡中学校を退学、溢れる才能を抱えて上京、与謝野鉄幹や晶子らと交わりながら、帰郷のやむなきにいたった挫折感は、感じやすい少年に癒しがたい傷を与えた。森を徘徊しながら路を見失うのである。森とは、迷路も意味していた。その折の心情が、「曠野」の表現となったのであろう。

この「生命の森」をさまよう詩に、六行十一連の「仏頭光」がある。これは「小天地」(一九〇五・九・五発行の文芸雑誌)に発表されたものだが、それ以前の詩稿ノートで草稿を見ることができる。「生命の森」に入ってさまよい、「曠野」詩の内容を思わせる「追分」、すなわち「森の辻」に出くわす。「曠野」ではここで立ち往生するのだが、この詩では迷いから吹っ切れていたのである。というのも、六・七・九連に、( )印の書き込みがあり、詩作の過程・苦心の跡が見られる。例えば、七連二行目「たゞましぐらに進みける」の脇には(光明るき道をとりにしか)とある。さまよった森の中に、光を見出すのである。注目したいのは、九連一行目「いのちの森にまよひ入り」の脇に(光明道にいのち趁《お》ひ)とあることである。こうした推敲を経て「小天地」に発表されたのは、「光明道にいのち趁ひ」であった。「いのちの森にまよひ入り」をカットしたの

である。つまりは、まよいから脱出の光を見出すことに切り替えたのである。その光とは、最終連で、

空の半ばを金色の
仏頭光ぞ、つつみたる。
眩ゆさ、——あはれ、光明の
海の返照、——尊さに、
これ荘厳の髄一と
帰依《きえ》の掌底《たなぞこ》あはせぬる。

と結ばれるように、「仏頭光」なのであった。その眩ゆい光明に会い、仏へ帰依する掌を合わせてしまう。この当時、父一禎は、宗費滞納のため、宝徳寺住職を罷免されていた。そういう状態の中で、詩人の合掌する姿が想像される。森は迷いの森でもあるが、啄木にはそこを突き抜ける力を与える生命の森なのである。「無題」という二行詩で「人なき森に我一人、唖《おし》のごとくに一人住む」と詠う。森こそが、啄木の心身の故郷であり、森の中での思索が彼を生長させていったのではなかろうか。この時、十九歳。

私の生家の後ろはすぐ山である。栗の大木があり、毎年大きな栗拾いをした。友達と山に分け入り、朴の木の葉で面を作る。木の枝を刀代わりに鞍馬天狗ごっこをする。あるいは、藤蔓を利用して、ターザンごっこをする。夏の早朝に出かけ、桐の木とか杉の木の幹を皆でいっせいに叩く。すると、眠っていた蝉がばらばらと落ちてくる。夕方になると、皂莢《さいかち》の木の幹に集まる兜虫取り。まさに、子供たちにとっては「生命の森」に違いなかった。この稿を記しながら、私も「森の追懐」に浸っているしだいである。

十年ぶりのふるさとで

――徳富蘆花「洗馬川」

洗馬川

洗馬川
町うらつゞき
きさらぎの
雨降り来れば
紅白の梅はしたゞり
柳はけぶる

川面に立つや
雨脚の

それよりしげき
おもひでの
うれし　うれし
ふるさとの雨

大正壬戌《みづのえいぬ》二月　研屋楼上即事《とぎやろうじやうそくじ》　徳富健次郎

題名の川は、名前からして馬の身体を洗う川なのだろうと推察される。農家育ちの私の家には農耕馬がいて、十五歳年上の兄がよく家の側を流れる小川で、馬の身体を洗っていたのを思い出す。幼少の私も小川の水をバケツで汲み、馬の身体にかけて手伝ったものである。もっとも、その小川を洗馬川とは呼ばなかったけれども……。蘆花は熊本県葦北郡水俣《みなまた》に生まれたが、二歳の時、父親の勤めの関係で熊本市の大江に一家転住している。付近を流れていた川が洗馬川《せんばがわ》。おそらく、熊本城下の武士たちや家来たちが、飼い馬を連れてきて、その身体を洗ったのであろうか。

あるいは、百姓が飼っている農耕馬を洗いに通ったのであろうかと想像される。現在は坪井川と呼ばれるようだが、川に架かる橋の一つは今も洗馬橋であり、この川は熊本城の内堀として活用されてもいる。市電の停留所の一つに、洗馬橋停留所もある。

この詩は二月の雨の降る光景。川端柳は雨に煙っているが、紅白の梅の花からは滴が滴《したた》り落ちている。熊本地方は二月には梅が咲きだすのであろう。「したゞり」は「したゝり」の古い言い方。川面を叩く雨脚が密集して降るのだが、それよりもっと夥《おびただ》しい思い出に襲われて、詩人は嬉しいとしか言いようがない。やはり、ふるさとの雨は、その音とともに思い出を運んでくれるのである。この詩は大正壬戌二月に作られているが、壬戌は大正十一年（一九二二）である。蘆花は研屋楼上から川を眺めている。その昔、熊本の周辺から主人の刀を研ぎに来た者達が、研屋の裏部屋で仮眠をとったらしい。それでその要望に応えるため、洗馬川の辺りに小屋を並べたのが旅館研屋の起源だという。「楼」は三階建て、もしくは高い建物。「即事」とは即座のことであり、眼前のことである。三階建ての部屋から、眼前を流れる洗馬川の情景を、自らの思い出とともに即座に詠んだのであろう。これは、九州日日新聞の大正十一年二月二十日に掲載されたものだが、この時同時に「換舌」という二百字足らずの散文も発表されている。その書き出しに、芭蕉の「旅《たび》烏《がらす》、古巣は梅になりにけり」を挙げ、「十年ぶりに故郷に帰っ」た「驩喜《かんき》」を記している。歓喜と書かずにわざわざ難解な「驩喜」を用いているが、馬偏の「驩」で洗馬川を見ている驩《よろこ》びを表現したとみるのは穿《うが》ち過ぎであろうか。同時に紅白の梅を見ることで、芭蕉の句を引き出しているのでなかろうか。自分の古巣すなわち熊本の洸馬川も、梅の盛んな故郷になっていたのである。それにしても「それよりしげきおもひで」(それより繁き思ひ出)とはどんな思い出だったのだろう。この時蘆花は五十五歳。満五十八歳で亡くなった蘆花としては晩年ということになる。

年譜によれば、蘆花が熊本の大江を離れるのは明治十九年(一八八六)十二月、十八歳の時である。徳富家が家業をたたみ、東京赤坂霊南坂に移住したのである。蘆花は九月に、いったん退学した同志社に再入学をしていた。その再入学した同志社も翌年に再び退学、明治二十一年(一八八八)の二月から熊本英学校に勤務するが、同二十二年(一八八九)五月には退職して上京している。それからは熊本を離れているので、思い出はそれまでのこと、つまりほぼ二十歳までのことと考えられる。いわば、思春期、青年期の思い出ということになろう。思い出といっても、誰にでもさまざまにあるわけで、まさに「しげきおもひで」。楽しい思い出やら辛い思い出やらあるだろうが、三十年以上も前の思い出を十年ぶりの故郷で思い出している。となると、辛いことさえ楽しく思い出すものである。蘆花の場合、物心ついた頃、明治九年(一八七六)八歳の時に恐ろしい光景に遭遇している。いわゆる神風連の乱という戦火の目撃。保守派による新体制派への反逆により熊本城下を血に染めた大事件を、蘆花は「恐ろしき一夜」で物語っている。「しげきおもひで」の筆頭ではないだろうか。この翌年十年には、鹿児島で西郷隆盛らによる西南戦争が発生している、という時勢の頃である。ただこれらは「おもひでの／うれし うれし」と結びつくであろうか。辛いことさえ楽しく思い出すものであると記したものの、これなどはいつまでも消えない残虐な思い出であろう。ただ奇妙なことに、人は楽しい体験よりも辛い出来事の方を思い出すようである。この事件は残虐な事件であっても、蘆花自身はまだ子供で、目撃、伝聞によるものである。直接身に降りかかったものといえば――以下、自伝的作品「黒い眼と茶色の目」を参考にしてみる。

明治十一年（一八七八）、十歳の健次郎（蘆花）は兄の猪一郎（蘇峰）に伴われて京都の同志社に入学している。しかし、同志社の教育方針に抗議して、授業ボイコットを主導した健次郎は翌年退学して熊本に帰る。兄の猪一郎はその前に退学していた。その猪一郎は父の一敬と大江義塾を設立、健次郎はその義塾に入る。徳富家は代々水俣の郷士で、惣庄屋兼代官を勤めていた。一敬は熊本藩庁の出仕となったため、居を熊本の大江に移していたのである。熊本に戻った健次郎は、母の久子と教会に通い出し、十七歳で、姉とともに受洗。翌年の明治十九年に同志社に再入学して寄宿舎に入っている。この年、健次郎は山本久栄に出会うのである。

山本久栄とは、会津藩の砲術家であった山本覚馬と後妻・小田時栄との長女である。平成二十五年（二〇一三）、NHK大河ドラマ「八重の桜」で放映されたヒロイン八重の姪に当たる。久栄は当時同志社女学校に通っていた十六歳少女。父親の覚馬は当時、京都商工会議所会長に就任していて、妻の時栄とともに受洗もしている。同志社大学の前身、同志社英学校を設立した新島襄と知り合い、覚馬の妹・八重が新島と結婚したので、覚馬と襄は、義兄弟になったわけである。そういう関係もあり、覚馬は同志社を軸にして活動していた。その覚馬の娘・久栄に健次郎が思慕して、二人が恋仲となり、明治二十年（一八八七）夫婦となる約束をする。健次郎十九歳、久栄十六歳。ところが、周囲の反対にあう。周囲とは、健次郎の兄・猪一郎、異母姉のみね、その夫横井時雄（横井小楠の長男で、後に同志社第三代総長）、叔母・八重、八重の夫・新島襄などである。これだけの人々に反対されては健次郎も振り切れなかったらしい。奔放な性格が災いしたものと思われる。健次郎には、同志社英学校の生徒時代、その教育方針に反発して授業ボイコットした過去がある。同志社英学校を創設したのが新島襄。そうしたことに加えて、兄・猪一郎が結婚してからは、兄との諍いも絶えなかった。今流にいえば、周囲は健次郎をトラブルメーカーと見ていたのではなかろうか。健次郎は仕方なく別れを決断する。それで、久栄の叔母の立ち合いのもと、二人は別れることになる。とはいえ、若い健次郎は簡単に久栄を思い切れず、その後もしばしば会うのだが、結局家族の知るところとなり、説諭されてついに久栄と決別する。健次郎は学業も手につかず、借金を重ね、学費も払えなくなる。追い詰められた健次郎は数通の遺書を認《したた》めて京都を去るのである。その際、久栄に一目会いたいと思い新島邸へ行くが、新島邸では襄と八重が同席、二人だけにはしてくれなかったのである……。この時点では、健次郎の知らないことがあった。久栄の母・時栄が明治十八年（一八八五）、体調を崩して医者に診てもらったところ、妊娠と判明、視力を失い、身体にも障害のあった夫の覚馬としては身に覚えのないことであった。問い詰めると青年との不倫を告白、山本家は騒然となったが、覚馬は時栄を許している。時栄は覚馬より、二十六歳も年下であった。許さなかったのがみねと八重で、やがて時栄を山本家から追い出したのである。「ならぬことはならぬ」という会津藩の「什《じゅう》の掟《おきて》」のもとに育った八重としては、我慢ならなかったのであろう。こうした背景もあって、二人の結婚を認めなかったものと思われる。それにしても、十九歳の多感な健次郎は、久栄との結婚が出来なかったことに、大きな衝撃・傷痕を刻んだことになる。これらは直接熊本での体験ではないが、この後熊本に帰っていて、約二年間故郷でその傷を癒したのではないだろうか。

「しげき」（繁き）とは多量とか密集とかいう意味でもあり、色濃いという意味でもある。沢山の思い出の中にも、色濃い思い出は誰にもあろうが、蘆花の場合、この久栄との破談はまさに「しげきおもひで」であったはずである。しかしそうした三十余年前の辛い思い出も、「うれし うれし／ふるさとの雨」と、雨の音が傷痕を消し、嬉しさに転じているのである。目の前を流れる洗馬川、降り注ぐ雨、様々な思い出が押し寄せながらもそれらを流し去ってゆく……。十年ぶりに立った故郷の光景が、五十五歳の蘆花には恩讐を超えたものに映っていたのではなかろうか。

「何と言つても日本は詩の国です。」「全く日本は美しい風景の国だと思ひます。」（「自然美から見た伊太利と日本」）と記しているが、この時も故郷の雨の自然美に酔いしれていたように思えるのである。

封印の恋愛詩

――松岡（柳田）国男「海の辺にゆきて」

柳田《やなぎた》国男といえば知らぬ人がないほどの民俗学者である。その柳田が詩人として出発していたとなると、これは意外に思う人が多いかも知れない。それも道理で、晩年に柳田国男集の刊行にあたり、編集者はその詩も和歌もかたくなに拒まれたという。したがって読者は、初出の雑誌を除いては、詩作品に触れることが出来なかった。柳田の死後、その全集出版により、全ての初期文学作品が公開されたのは、平成三年（一九九一）である。

「海の辺にゆきて」という詩がある。発表時期は明治二十九年（一八九六）。二十一歳の柳田国男はまだ松岡国男で、柳田になるのは、明治三十四年（一九〇一）二十六歳の時、大審院判事・柳田直平家に養子入りしてからである。したがってこの当時は松岡国男として詩作していて、筆名はさまざま使用しているが、この詩は松男名。松岡と国男を合わせたものである。当然のことながら、後の柳田国男を誰も想像できるはずがない。そこでここでは、以下国男と記すことにする。

海の辺にゆきて

さわげる群を離れ来て
ありその岩にたゞひとり
音をなく千鳥なれをこそ
あはれとは思へ心から

（「国民之友」第三二七号、明治二十九年十二月十九日、民友社）

島崎藤村や国木田独歩・田山花袋・太田玉茗等と盛んに付き合っていた国男は、「文学界」や「国民之友」に新体詩を発表し続けた。それら約五十篇のほとんどが恋愛詩である。ここに掲げた詩も詠われている対象は千鳥だが、これを女性に置き換えれば、充分に感じ取れよう。千鳥を、「たゞひとり」と擬人化して詠み、さらに「なれ」（汝）と呼びかける。その「なれ」を「あはれ」と心底思っている。こうなると、その「なれ」とは誰なのか気にかかってしまう。

ところでこの詩の後に次の詩が続いている。

同じ折に

玉藻たゞよふ夕しほは
渚ゆたかに満ち来なり
おき行く白帆日はさして
のどけき暮になりにけり

磯ゆく海女よ立よりて
独ながむるたび人に
なが名告げずやさゝやきて
汝を愛づるてふ人の名も

以上の二詩は、翌三十年に独歩や花袋等五人との合同詩集『抒情詩』刊行の際、国男は「野辺のゆきゝ」として収録したが、題名が変更されている。「海の辺にゆきて」が「友なし千鳥」に、「同じ折に」が「海の辺にゆきて」に。内容は、漢字と平仮名の入れ違い、句読点のあるなしだけの相違である。こうなると、「海の辺にゆきて」と「同じ折に」とは同じ発想だということになろう。

するとここでは、名を告げて欲しいという「汝」は「海女」である。その「汝」を可愛がっている誰かの名も知りたいと詠う。「愛づる」とは男女の愛情というより、可愛がるという意であろう。そうすると「汝を愛づるてふ人」とは親のことだろうと思う。つまり親の名を知りたくもなるのである、というように、詩を詮索するのは馬鹿げたことではないかと思う人もいるであろう。詩とは事実を詠うものではないと考える人もいよう。ただ後年の柳田国男は「実験したものを直ぐに書くという文学は、明治三十年以後に盛んになったのではないかと思ふ。湖処子（㊟姓は宮崎）あたりがその境目になり、誇張はしても、空想ではなく、事実あったことを誇張したものであった。私どもの『野辺のゆきき』なども全部これであった。」（「無題の歌」）と言っている。すなわち、誇張はしても事実を詠んでいたのである。

　それにしてもこれら二詩は共に海辺の光景である。国男は兵庫県神崎郡福崎町生まれだから、その地は海岸からは遠い。

　実はこの年、明治二十九年の国男は、七月八日に母を亡くし、九月五日には父を喪《うしな》った。二ヶ月の間に両親と死別したのである。殊に、六男として生まれ、「体が弱かった」（柳田『故郷七十年』）せいもあり、「母の腰巾着」（同書）だったという国男は、母が死去した後の七月下旬、衝撃や葬儀の疲労のためもあって、肺尖カタルを患うのである。そのため、千葉県銚子犬吠埼の暁鶏《ぎようけい》（雞）館で約一ヶ月間保養している。「磯間の宿」という詩もあるが、まさに「磯間の宿」である。一室から眺める光景は国男を感嘆させたに違いない。したがって、これらの詩作は、環境的には暁鶏館付近からの詩心によるものではなかったろうか。

ところで、平成に入って田山花袋宛の柳田国男書簡が発表され、反響を呼んだ。暁鶏館滞在中の八月三日に記した書簡がある。もちろん松岡国男名である。一部を記してみる。

けふ又新詩一を得たり太田にも御示し被下度候《くだされたくそうろう》
母なき君をあはれとて　慰めたりし我も亦
はゝなき人となりにけり　あはれと君ハおほすへし
今より後ハつゆの身の　かなしくつらくある毎ニ
かたるもきくも君ならて　誰かはあらむ広き世に
三年此のかたの我恋のうたハ皆此母なきいね子が為によまれたる也之も亦縁にや思へは彼女ハ幸なるものに候されど彼女ハまだ僅に十六にして至て《いたつ》罪なき也

〈読み・波線筆者〉

これによって、「なれ」とは、いね子という「母なき」十六歳（数え年）の少女であることが明かされたといえる。「三年此のかたの我恋」を「事実あったこと」と思わざるを得ない。ここに揚げた二詩は明治二十九年作。三年前とは同二十六年である。

松岡家は代々医家だが、十五歳年上の長兄・鼎は千葉県南相馬郡布川町で開業していた。幼少時、病弱気味だった国男少年は、そこに身を寄せ、学校にも通わない時期があった。二十六年（一八九三）に長兄は、利根川を挟んだ向かいの布佐町へ移住している。その布佐へも国男は度々行っていた。その長兄宅の近くに「大竹屋のおばさん」と呼ばれる未亡人が、仕立物をする一方で裁縫を教えていたという。その習い子の一人がいね子であった。この辺の事情は、岡谷公二『柳田國男の恋』（平成二十四年刊）に詳しい。それによれば、いね子は明治十五年三月三十一日生まれなので、国男より七歳下。戸籍上は伊勢いねという。母よしは、二十八年六月に死去しているので、国男より早く「母なき」人となっている。その一年後に国男は書簡中の詩のように「は、なき人とな」った。

彼女の実家伊勢家はつるやという魚屋で、明治初年、取手から布佐に移って開店した。鼎の凌運堂医院とは「去る事数十歩」の近距離にあったという。長兄の家に足を運んでいた国男は、近所の数え年十三歳の美少女いね子を見かけ、心を惹かれ、恋していたことになる。

詩中に「磯ゆく海女よ」と呼びかける表現がある。「海女」とは海に入って貝や海藻をとる女性である。いね子の家は魚屋とはいっても、銚子から利根川を運ばれる魚を買い入れ、小売商に卸していたという。父が実際に自分で魚を獲っていたわけではないにしても、いね子自身も直接魚を手にしていないとしても、国男のイメージとしては、魚屋は「海女」の範疇ではなかったろうか。そう捉えると、「海女」とはいね子と考えられよう。しかしどの程度まで二人の恋が進展していたのかは定かでない。ただ、国男としては、尋常な恋心ではなかったのであろう。例えば初出詩「ひとり居る夜」（後に「一夜」と改題）では「とてもかなはぬねがひ故　我は泣くなり夜もすがら」と詠われており、「君がかど辺をさまよふ」（「暁やみ」）のである。つまり片思いで終わった可能性がある。というのは、いね子は、三十三年（一九〇〇）三月、結核に罹り、十八歳で死去しているからである。結核患者のため、魚を扱う家としては彼女を忌避したのであろう。取手の本家も魚屋だが、その離れで療養したまま死去したのだという。いね子を知る人たちは異口同音に、まれな美貌だったと言い、「美人薄命を絵に描いたような人でした」という証言もある。

松岡国男は三十二年の中頃で、詩作活動を止めている。年譜によると、同年の秋、「柳田家の養嗣子となる話が出る」とあるので、まだ東京帝国大学法科大学政治科の学生だった国男は進路のことへ頭を切り替えたのかも知れない。しかしそれよりも、いね子の発病と関係しているのではないだろうか。

後年、六十五歳の柳田国男は佐藤信衛（哲学者）との対談で、新体詩はどのくらいまで？　と聞かれて「二十四か五にはもうやらなかったですね。あれはいやなもんですよ。我ながら実に不愉快なもんだね、腹の中で思うていないことばかり言うておるんだよ」(「文学と土俗の問題」一九四〇)と、語っている。自分の新体詩を否定したのである。

「野辺のゆき、」の序文に、新体詩についてこう述べている。「かばかりすくよかなるはあらんや、」「新躰の新の字、尊き詩の字」「よし此姿此言葉づかひ、世のさだめに違ふこと多くとも、猶これはわが思を紓べたる、我が歌なるをや、」…と、高らかに、誇らかに新体詩へ歩みだした松岡国男だったが、柳田国男になってからは、その思いとは裏腹に、自分の新体詩を否定的に語った。その詩全体が恋愛詩であったから、いわば自分の恋愛を否定したことになる。世間に曝されることを忌避したのである。その本質的な理由は分からない。ただ、こうして、冒頭に記したように全集への収録も拒絶したのである。

故郷の海を偲んで

――落合直文「いねよかし」

明治二十九年（一八九六）は落合直文三十五歳。この年の六月十五日（旧暦五月五日）午後七時三十一分、M8.5の大地震発生、約三十分後大津波襲来。いわゆる明治三陸大津波である。気仙沼地方も甚大な被害を被った。当時仙台で発行されていた「東北新報」六月二十三日付によれば、本吉郡だけでも死者三、九二五名とある。行方不明者、流出家屋等、推して知るべしである。直文は本吉郡北方松崎村片浜（現・気仙沼市）の鮎貝家「煙雲館」に、鮎貝盛房の次男として生まれている。鮎貝家は一〇〇〇石を有した仙台藩の一家筆頭家格。父の盛房は、戊辰戦争では先鋒として活躍、鬼太郎の異名で恐れられた武人でもある。直文の戸籍名は亀次郎、幼名・盛光である。もっとも、十歳の時、弟と共に仙台上屋敷（東二番町）に住むようになり、その後十三歳で、落合直亮の養子となるので気仙沼を離れていたことになるのだが。

それにしても、三陸大津波の被害を直接受けなかったにせよ、生まれ故郷の惨状を耳にしていたであろう。『落合直文全歌集』（伊藤文隆編）を繙くと、明治二十九年に十二首、翌三十年に三十首、三十一年に八首の和歌を見出すのだが、いずれにも津波を詠んだ内容は見当たらない。津波襲来の三年前、つまり二十六年に正岡子規が東北旅行を企て、仙台にも五日間ほど滞留した。その際、直文も与謝野寛（鉄幹）や実弟・鮎貝槐園などと仙台南山閣で子規と歌談、俳談をしている。というのもこの年、直文は槐園の助力で「浅香社」を設立、毎月歌会を開いていたことにもよろう。ところで、四国出身の子規は「三陸海嘯」「東北地震」という詩を書き残した。ところが、直文の和歌には地震や津波を詠んだ歌が見当たらない。筆者としては謎である。詠んだ歌の謎ではなく、歌を詠まなかった謎ということになる。落合はこの当時、子規同様東京在住。明治二十九年は災害の多い年で、東京も大水害に襲われている。子規はこの時も「府下出水」という詩を作っているが、直文には水害を詠んだ和歌も見当たらない。この水害は、東京三大水害と呼ばれている一つで、相当の被害をもたらしている。

こうしてみると、直文には災害以上に心を砕いていたことがあったに違いないと推察してしまう。年譜を見ると、二十七年に実父・盛房が逝去、翌年の二十八年、養父の直亮が逝去している。直文が十二歳の時、仙台国分町に宮城中教院が開校されて入学するが、その院主が落合直亮であった。翌十三歳の時、直亮の養子となり、その長女・松野と許婚《いいなずけ》になる。その松野が八年後に病没したため、その翌年、二十三歳で次女の竹路《たけじ》と結婚した。直亮は幕臣で、神職である。平田派の国学者でもあり、維新の際は国事に奔走した一人でもある。しかも直文が十七歳の時、伊勢の神宮教院に入学するが、直亮はその教院の職にもあった。したがって、直文には単なる縁組以上の結びつきだったわけで、その死は実父の死以上に大きな衝撃だったろうと思われる。ものごころのついた年頃から、直文の血肉には直亮を通した国学、漢学、また堀秀成に学んだ国語、国文等が強く刻み込まれたわけである。それらに執着する気持ちが何よりも強く占めていたのではないだろうか。というのも、二十九年には『大鏡詳解』の執筆を始め、『竹取物語』『十六夜日記』『土佐日記』『方丈記』等読本の校閲が次々とあり、いずれも明治書院から発行されているのである。明治書院というのはこの年に創業されて、編集長は与謝野寛、社名の名付けは直文であった。さらには、和歌の世界でも、正岡子規・佐々木信綱・大町桂月・与謝野寛等と新詩会を結成するのである。こうした文学関係の仕事が目白押しに組まれていた中では、災害への文筆までは手が回らなかったに違いない。あるいは、生まれ故郷の大災害の報は耳にしても、幼少期の思い出しかない身としては、身につまされるほどの具体的な痛みがなかったのも自然であろう。『宮城県海嘯誌』によれば、この時の地震の数は十三回、初回は弱震、ほかは微震だったという。だから津波を予想しておらず、気仙沼町では日清戦争の凱旋式と招魂祭という行事が行われていた。本吉郡からも大勢集まったようだが、本吉地方では田植えの最盛期でもあった。しかもこの日は端午の節句。どの家でも餅をつき、菖蒲湯に入って祝膳を囲むのである。前兆が弱震、微震であれば、海を遠く離れた内陸ではなおさらのこと、津波襲来など考えられない。仙台湾沿岸地帯の荒浜等でさえほとんど津波の被害がなかったという。つまり、内陸在住者も震度一、二の揺れを体感しただけのことであったろう。ところがリアス式沿岸地帯の志津川を始め、気仙沼や唐桑等はその後の津波による甚大な被害を被ったのである。東京在住の直文は、揺れさえ感じなかったのでないだろうか。

ところで、直文は小説も二十数篇、随筆等も六十余篇残していて、その中に「岐阜の震災」がある。濃尾大地震とも呼ばれているが、明治二十四年（一八九一）十月二十八日岐阜・愛知を中心に発生、全壊焼失一四二、〇〇〇戸、死者七、二〇〇人という大災害となった。発生翌々日の夜更けに、加藤何子という門人が直文の家を訪れ、故郷の岐阜に出立する挨拶をしている。翌日出発した加藤は行く先々の様子を記して手紙を書き送る。故郷に着いた時の四通目は長い手紙だが、その一部を掲げてみる。「死したる母としらすして、乳ぶさにとりすかる緑子あれは、死したる子としらすして、そを背負ひてにくる母あり。子なる人のなきからを抱きて、なきさけふ間に、ふた、ひゆりきて、わか身も死ぬる親あり。」（死んだ母とも知らずにその乳房にすがる幼児もいれば、子供が死んでいるとも気づかずに背負って逃げる母親もいる。子供の死骸を抱いて、泣き叫んでいる間に再び地震が襲い、そのため自分も死んでゆく親もいる。）「一人の死骸ちきれ〳〵になりて、頭は庭の方にとび、足は屋のむねにかゝり、胴のみたる木にあるなり、目のとび出てたるは、鳶きたりて、そをつかみ、腸の見ゆるには、烏あつまれり。」（一人の死骸がずたずたに引きちぎれ、頭は庭の方へ飛び、足は家の屋根に引っかかり、胴だけが垂木の下にある。目の飛び出している死骸には鳶がやってきて掴んでおり、腸の見える死骸には烏が集まっている。）という情景で、「地獄のちまたを行くこゝちす。」であった。惨状が細かに記された名文といえる。直文は、四通目をもらってすぐの十一月七日夜、文章会があり、これらの手紙をヒントに「岐阜の震災」という題で臨んでいる。「かの地の震災は、おのれ行きて見されは知るによしなし。さてはこの文をかゝけて、今夜のせめをふさくになむ。」（その土地の震災については、自分は行って見ていないので知りようがない。それでは、この手紙を示して今夜の文章会の責任を果たそう。）と記しているが、加藤何子の手紙に感嘆したことが分かる。さらに言えば、この加藤の描写に衝撃を受けていた直文は、それから五年後に発生した三陸大津波に関する表現を控えていたとも推察されるのである。ただ直文という歌人・国文学者は、そうした地震被害を伝えた手紙の内容を、文章会という座に提示する心情を持ち合わせていたということである。……疑問がないわけでもない。この加藤何子の手紙文は直文自身の書いたものではないか、ということである。岐阜に直接行ってないので、惨状を知りようがないとわざわざ断る必要があるだろうか。さらに、文章会臨席に当たっては、ありふれた文章を示すわけにもいかないであろう。とすると、全てが直文の文章でないにしても、加藤の手紙に手を加えたのではないかという疑問である。加藤からの三通目に「かの方丈記の地震の文、そのま丶なり。」ともあり、後に『方丈記』読本、校閲も出版している直文である。
直文は三十篇弱の詩も残している。その中の、翻訳詩一篇を掲げてみたい。これは明治二十二年（一八八九）、二十九歳時の発表なので、大津波襲来の七年前。十連からなるので、二連だけ記す。

いねよかし

その一

けさたちいでし故里は
青海原にかくれけり
夜風ふきて艫きしれば
おどろきてたつ村千どり
波にかくるる夕日影
逐ひつつはしる舟のあし
のこる日影もわかれゆけ
わが故郷もいねよかし

その四

あらきは海のならひとぞ
高き波にはおどろかず
サア、チャイルドな驚きそ
わが悲みはさにあらず
父にはわかれなつかしき
母には離れ友もなみ
世には頼まん人ぞなき
たのむは神と君とのみ

解説によれば、バイロンの原詩「Childe Harold's Good Night」のハイネによるドイツ語訳を翻訳したという。もちろん、津波を詠んだものではない。ただこの詩を翻訳した時、直文の脳裡には生まれ故郷、気仙沼・本吉の海の面影がなかったろうか。「その一」の一、二行目に故郷の海を離れる情景、「その二」の五、六行目には両親と別れる心情がそれぞれに籠められているのではないだろうか。題名の「いねよかし」とは「寝《い》ねよかし」。「寝ねよ」は「寝ぬ」の命令形。「かし」は文末について念を押す語だから、「眠りなさいよ」「お休みなさいよ」と強く呼びかけていることになる。故郷よ、そこに住む両親よ、お休みなさい。幼少年時に、両親の住む本吉の家を離れて、仙台の落合家に養子として入った直文の子供心には、故郷の映像が刻まれていたはずである。いかにも、津波で荒れ果てた故郷への鎮魂を籠めたような内容である。こうした海に囲まれた故郷を持つ直文としては、大津波によって現実に荒れ果てた故郷を詠む心情は湧かなかったであろう。津波によるものではないにせよ、加藤何子の手紙によって岐阜地震の悲惨な情景を頭に刻んでいた直文は、気仙沼地方の大津波被害を心底さながら追体験していたに違いない。七年も前に、お休みなさいと故郷に向けて詠った歌人・直文は、それを思い起こすように静かに鎮魂していたのである。その年の歌作がわずかに十二首にとどまったこともそれを証しているのではないだろうか。

貧と男の狭間で

――林芙美子「疲れた心」

疲れた心

その夜――
カフェーのテーブルの上に
盛花《もりばな》のような顔が泣いた
何のその
樹《き》の上にカラスが鳴こうとて
夜は辛い――

両手に盛られた
わたしの顔は
みどり色のお白粉《しろい》に疲れ
十二時の針をひっぱっていた。

（日本の文学『林芙美子』中央公論社）

これは詩集『蒼馬を見たり』（昭和四年・一九二九）所収の一篇である。芙美子二十六歳。明治三十六年生まれだから、詩集発行までの間、大正・昭和と時代はめまぐるしく変遷していた。青少年期の青春、つまり九歳から二十二歳までを、まるまる大正で生きたことになる。というのも、詩中のカフェーとは、明治末から昭和初期頃にかけて、女給が接待して洋酒類を供した飲食店のことである。盛花というのも、大正期に盛んになった華道様式で、水盤などに諸種の花卉《かき》を盛る挿し花だという。色彩本位に美麗な花を用いるのと、平原・水郷《すいごう》などの風景を模写する様式とあるらしい。してみると、ここでは美麗に化粧した「盛花」のような大正期の女給の顔が、「樹の上にカラスが鳴こう」が泣きじゃくるのだから容易なことではない。諺《ことわざ》では、カラスが夜鳴きすると凶事があるといい、カラスは人の死を知るともいう。だがそんなことに構っていられないほどに泣く夜が辛いのである。両手に包まれた顔は、泣きに泣いて化粧が緑色になる。時刻は真夜中の十二時。時計は短針と長針が重なる。涙に汚れた顔が、時計の針を引っ張る。とは、時計を進ませ、早く帰りたいのであろう。疲れ切った女給の心情である。

芙美子の年譜を見渡すと、芙美子の意図するとしないに関わらず、この詩の題名が芙美子のこここまでの生涯を一言で言い当てているように思える。まず生誕地がはっきりしない。山口県下関市と福岡県門司市の二説がある。本人は、代表作の自伝的小説『放浪記』で下関で生まれたと記しているが、戸籍謄本の発見により、現在は門司説が定説となっている。また、十二月三十一日誕生という日付も疑わしい。母キクは、六月生まれと平林たい子に語り、『放浪記』には五月生まれとある。そして、両親の名前ははっきりしているのだが、戸籍上は私生児で、母親キクの弟・林久吉の姪として届けられている。母親が、父の店の番頭とともに芙美子を連れて家を出てからは、親が行商をしていたこともあり、住居を転々とする。鹿児島市山下小学校に転校した時期(十一歳)などには、通学をせず、放浪していたとある。十五歳で、尾道の高等女学校に入学した際は、学資を得るために帆布縫製工場に夜勤するかたわら、休暇中は女中奉公をしていた。「一升の米の買える日を数えるのは/何という切ない生きかただろう」とも、ある詩に詠う。こうした、貧しくて友人も出来ない孤独を慰めるために、芙美子は詩作と日記をつけ始めたという。生活の困窮は、学校を卒業してからも続いている。例えば、作家・近松秋江宅の女中もしているほかに、女工・売子・代書・事務員・婦人記者、そして女給と、さまざまな職を体験している。これでは、いくら若いとはいえ、心身ともに疲労しないはずがない。題名の「疲れた心」は文字通りであろう。ただ前述の詩集に三十四篇が収められている割には、「疲れ」の語は二度しか見当たらない。もう一箇所は、「静夜」という詩の二連に、「私は疲れて指を折って見ました／二日も御飯を食べないで」と詠われている。題名そのものに「疲れ」を表すほどに、この頃の芙美子は最悪の体調だったといえよう。つまり芙美子のどん底ではなかったか。ただ、たしかに疲労困憊の生活をしていたはずだが、泣くことで「疲れ」からのカタルシスをもたらしていたのであろうか。ここに芙美子の持つ逞しさを感じる。この時二十六歳だが、それまでの人生というものが縮図化されているようにさえ思える。

もっとも、こうした苦しさが続けば、女の身として頼るものが欲しくなるであろう。『放浪記』に、「夕方新宿の街を歩いていると、何ということもなく男の人にすがりたくなっていた。（誰か、このいまの私を助けてくれる人はないものなのかしら……）」という部分がある。実は、尾道高女を卒業した大正十一年（十九歳）、明治大学学生で愛人の岡野軍一を頼って上京していた。芙美子はこの岡野と婚約をしたのだが、岡野の家族の反対にあい、婚約が破棄されている。これで芙美子は大きな衝撃を受けた。これも芙美子に詩作へ向かわせた要因の一つと思われる。詩作して「日本詩人」「文芸戦線」等に寄稿、発表し始めると詩人たちと知り合うようになる。それとあいまって、芙美子は男たちと同棲を繰り返すようになった。こうした男たちとの同棲の繰り返しには、芙美子はそれほどの違和感を覚えなかったのではないか。というのは、いわゆる両親は、それぞれが複数の相手と同棲を繰り返しているからである。特に母親キクは、芙美子を生む前に私生児を生み、その後他の男と一緒になる。そして芙美子を妊娠した時は、他国者の子を身ごもったというので、冷たい目を浴びせられ、父の店の番頭すなわち芙美子の養父となる沢井喜三郎と下関に逃れたらしい。芙美子の実父といわれる宮田麻太郎はキクより十四歳年下、沢井は二十歳年下である。

芙美子が岡野と別れた後の同棲相手は、新劇俳優で詩人の田辺若男。東洋大学生で詩人・K。詩人・野村吉哉（評論家・千葉亀雄の義理の甥）。そして、絵画修業中の手塚緑敏。この手塚とは大正十五年、二十三歳で結婚した。詩集発行までの遍歴行路である。その辺りは、「恋は胸三寸のうち」という詩に、「処女何と遠い思い出であろう……／男の情を知りつくして／この汚らわしい静脈《じょうみゃく》に蛙《かえる》が泳いでいる」と詠われたりもしている。同時に、先述したように、芙美子はさまざまな職に就いて苦労を重ねていた。それが二十六歳までの人生であった。

ところで、『蒼馬を見たり』という詩集には、七連からなる同名の詩がある。「蒼馬を見」るというのも風変わりな題名で気になる。

腕の痛む留置場の窓に
遠い古里の蒼い馬を見た私は
父よ
母よ
元気で生きて下さいと呼ぶ。　　　（四連部分）

忘れかけた風景の中に
しおしおとして歩む
一匹の蒼馬よ！
おお私の視野から
今はあんなにも小さく消えかけた
蒼馬よ！　　　（五連）

やっぱり私を愛してくれたのは
古里の風景の中に
細々と生きている老いたる父母と

古ぼけた厩の
老いた蒼うまだった。

（六連部分）

詩中の「古里」が気になる。というのも、『放浪記』の冒頭で、「私は宿命的に放浪者である。私は古里を持たない。」と記している。ただ、母、キクは鹿児島県東桜島古里温泉で弟久吉が経営する温泉宿の手伝いをしながら住んでいた。ここで宮田と出会っている。「ふるさと」とは、古里村という地名と故郷という意味の二種があることになる。といっても芙美子は、「古里」で生まれたわけではない。「したがって旅が古里であった。」とも『放浪記』にある。とすると、蒼馬を見たのは、どこか旅の途中での光景ということになる。この詩では、「留置場の窓に」が二度出ている。最終二行は、「私は留置場の窓に／遠い厩の匂いをかいだ。」とある。芙美子が留置場に拘留されたのであろうか。たしかに、昭和八年（一九三三）、共産党に資金寄付を約束したという理由で、中野署に九日間留置されたが、それは後のことである。二十六歳までの年譜には見当たらない。もっともここの表現では、芙美子が留置場に拘留されて、その部屋の窓を詠んだとは限らない。知人が拘留されていたとも考えられる。というのも、当時アナーキストやダダイストの詩人たちと付き合っていたから、その中の誰かが拘留されたことは充分に想像できる。あるいは旅の途中で通りかかった留置場の窓を見かけ、その窓に厩舎の木戸口を連想したのかもしれない。いずれにしても、そこに懐かしい蒼い馬を見たというのである。

ところで「あおうま」とは、青毛の馬とか葦毛の馬のほか、白馬もあおうまという。平安時代、正月七日に白馬《あおうま》の節会《せちえ》という天覧の儀式があった。この日に青馬を見ると年中の邪気を払うという中国の風習を取り入れたもので、馬は陽の獣、青は春の色を表すという考えによるらしい。醍醐天皇時代頃から、白馬と記すようになったという。もっとも、芙美子がその風習に拠っていたとも思えない。要するに、青馬はよいことが願われる対象ということになる。蒼馬ではないが、『放浪記』に「私も馬の銅像に祈願をこめた。いいことがありますように」という個所があるが、馬自体が芙美子の祈願対象だったのではないか。すると、掲げた詩「疲れた心」を癒すものが蒼馬であり、蒼馬とは、芙美子にとって「疲れ」の対極だったといえそうである。

短歌一首の謎

鬼となり仏となる身

――夏目漱石

夏目漱石には約二、六〇〇の俳句があるが、全集を捲る限り短歌は九首だけである。それらは作文や書簡・手帳などに記されたものであるが、その中の一首、

あるは鬼、あるは仏となる身なり浮世の風の変るたんびに

これは明治三十八年（一九〇五）一月十八日付、橋口清（五葉）宛自筆絵葉書に記されているものである。漱石三十八歳。本文はそれほど長くないので記してみる。葉書の前の方にこの歌が記され、「猫の画をかいて被下《くださる》よし難有候。可成《なるべく》面白い奴を沢山かいて下さい。鬼と仏の絵端書は上出来と存候」（岩波『漱石全集』第十七巻）と絵の下方に書かれている。絵は四本の木に連なる

林の風景画。鬼と仏の絵葉書は橋口からもらったものらしい。

明治三十八年といえば、漱石が「吾輩は猫である」を「ホト、ギス」に発表した年である。したがって文中の「猫の画」というのはそれを指している。「ホト、ギス」二月号に掲載された続編の挿絵のことである。橋口五葉は東京美術学校を出て「ホト、ギス」などに挿絵などを寄せていた関係で、『吾輩は猫である』の装幀も担当した。それ以来装幀家・版画家として活躍した画家。この時二十四歳。また「ホト、ギス」は俳誌で、誌名は正岡子規の号に因んでおり、当時の発行兼編集人は子規の門人・高浜清（虚子）。

知られているように漱石と正岡子規は同齢の親友であった。そもそも、漱石という号はもともと正岡子規の号である。子規の随想『筆まかせ』には「雅号」の題で五十を超す自分の号を挙げているが、「野球」などもある中で、「漱石とハ高慢なるよりつけたるものか」と回想、最終行に「漱石は今友人の仮名と変ぜり」とある。夏目金之助が子規の寄宿宅に遊びに行った際その号を拝借したものである。それで子規の和漢詩文集『七草集』を批評した時の自分の署名を間違えたのではないかと思い、「当座の間に合せに漱石となんしたり顔に認《したた》め侍《はべ》り、後にて考ふれば漱石とは書かで漱石と書きしやうに覚へ候」（岩波文庫『漱石書簡集』明治二十二年五月二十七日付）と手紙を出している。つまり使い慣れない「漱」の字の旁《つくり》を「攵」にしたのではないかというのである。もっとも「漱」も「漱」の俗字（諸橋轍次『大漢和辞典』）とあるから間違いではないが……。

漢詩文に長けていた二人のやりとりが微笑ましい。この年共に二十二歳。正岡漱石が夏目漱石に変じた日である。

さてその漱石の俳句は子規との付き合いの中で始まる。子規といえば俳人としてまた歌人として明治期の大御所で、「写生」を掲げて革新に勤《いそ》しんだ。漱石は子規に呼応するように俳人として活躍、膨大な量を残したが短歌は前述のように数えるほどである。短歌の手ほどきは子規から受けなかったらしい。代わりに多くの傑作小説を残してくれている……。

それはともかく、掲出短歌の鬼と仏は橋口の絵からのヒントであろうか。橋口の絵を県立図書館で漁ってみたが該当する絵は見つけられないでいる。それはさておき、「～～となる身なり」の「身」とは一般人とも考えられるが、やはり漱石自身のことを指すと解したい。「浮世の風の変る」たびに鬼となったり仏となったりするというのである。そうした比喩の変化は誰にでもあり得ることだから、さして特別なこととも思えない。橋口の絵への感想とも思われるが、短歌にして詠んだ以上、漱石には特別な感慨があったのであろう。「浮世」が変わるとはどんなことなのであったろうか。

例えば二十三年（一八九〇）八月の子規宛書簡に「この頃は何となく浮世がいやになりどう考へても考へ直してもいやでいやで立ち切れず」（前掲『漱石書簡集』）という個所が見える。この気持ちは翌年まで続いたようで厭世的な気分に陥っている。こういう気分を鬼と称したのであろうか。因みに国内ではこの年、一月には米価が騰貴して富山で米騒動が勃発、また同月足尾銅山の鉱毒が問題化、五月には米価騰貴がさらに深刻化して東京・大阪・京都などで窮民増加、東京では餓死者も発生した。掲出短歌は三十八年のものだから、「いやでいやで」たまらなかった浮世から十五年も後の浮世である。その長い期間には、漱石のみならず誰にでも、数知れない「浮世の風」が吹き変わったであろう。風は風でも台風に例えるなら、二十七年（一八九四）八月一日清国に宣戦布告をして始まった日清戦争、十年後の三十七年二月十日ロシアに宣戦布告をして始まった日露戦争。これらは「浮世の風」とはいえ度を越した風だったに違いない。共に勝利して日本人の心は高揚したようである。日本国内に勝利の風が吹いたことであったろう。

　その前者の二十七年、直接日清戦争と関わることではないが、子規宛に書いた約一、二〇〇字の手紙がある（九月四日付）。気になった部分を抜粋してみる。「元来小生の漂泊はこの三、四年来沸騰《ふっとう》せる脳漿《のうしょう》を冷却して尺寸《せきすん》の勉強心を振興せんため」「願くば到る処に不平の塊りを分配して成し崩しに心の穏かならざるを慰めたく」「天上に登るか奈落に沈むか」「愚痴《ぐち》をこぼしをり候も必竟驀向《まっしぐら》に直前するの勇気なくなり候ため」「去月松島に遊んで瑞巌寺《ずいがんじ》に詣《もう》でし時南天棒の一棒を喫して年来の累を一掃せんと」と悩みを訴えている。「沸騰せる脳漿」とあるが、漱石の脳漿（脳内外にある液体）は様々な悩みで沸騰していたのである。松島瑞巌寺の老師南天棒（中原鄧州）の下で座禅を組み、一棒を喫したいと思うまでに苦悩していたのである。こうした中、松島から帰った後湘南へ海水浴に行き、「八朔二百十日の荒日」に「青海原《あおうなばら》凄まじき光景を呈出」する中、「狂瀾の中に没して瞬時快哉」を叫んだため、宿の主人が「危ない危ない」と叫ぶのである。怒涛の中に没して、「快哉」などと叫ぶのは尋常とはいえないであろう。これは漱石の「鬼」姿ではなかったろうか。そしてこの後下宿をするが、突然書置きを残して飛び出したのである。行き先は不明であった……。

ところで、二十年（一八八七）の三月には漱石の長兄の大助が、六月には次兄の直則が共に肺結核で死去している。子規が喀血したのは二十二年五月で、肺結核と診断されている。漱石が風邪に罹って咽喉を痛め血痰を吐いたのが二十七年二月、医師が肺結核と診断したのである。兄たちが肺結核で死亡している家系として、また子規とも親しく付き合っていた漱石としては、予兆があったのではないだろうか。医師の診断により、大きな衝撃を受けたであろうことは十分に予想される。ただ五月になって結核の症状が消えたが、医師の診察と服薬は継続、弓を射る運動と散歩を始めた。こうした経緯の日々は、本人のみぞ知る心境であろうが、鬼と仏の心情が往来したのではないだろうか。これらは身体を通した「浮世の風」と呼べそうだが、一方心を寄せていたという女性が友人と結婚するという事情もあった。友人は小屋保治、女性は大塚楠緒（本名は久寿雄）。楠緒は楠緒子《くすおこ》という号を持つ歌人・作家。保治は美学者で結婚して大塚姓となった。漱石と保治の付き合いが始まった後に、漱石と楠緒が知り合ったらしい。漱石と楠緒の間には結婚の暗黙の約束があったともいう。いわば三人は三角関係になったわけで、そのことは小屋家では肯定的だったらしい。保治と楠緒が結婚したのは二十八年三月。漱石もその結婚披露宴に出席しているが、どんな気持ちであったろうか。なお、楠緒の父は裁判官で、宮城の控訴院長も歴任している。それにしても漱石には「浮世の風」が沁みたことであったろう。漱石が結婚したのは翌二十九年（一八九六）六月九日。相手は数え年二十歳の中根キヨ（通称鏡子・鏡）。この六日後、三陸大津波が東北を襲い、子規は「三陸海嘯」の詩を詠み、漱石は「海嘯去って後すさまじや五月雨」の一句を子規に送っている。大津波も浮世の大風であった。

漱石がロンドン留学から帰国したのは三十六年一月二十二日。神戸港に着いている。帰国後転居を繰り返したりして胃酸過多で悩むが、それ以上に長い間神経衰弱で苦しむ。ロンドンから引きずってきたとも思えるが、そうした中で第一高等学校や東京帝国大学文科大学の講師に任じられる。その五月には高等学校の受講生、藤村操が華厳の滝に投身自殺をするという事件が起きた。当時漱石はエリオットの「サイラス・マーナー」を講義していて、藤村に二度訳読を指名するが二度とも予習してこないので、厳しく叱っていた。そのため漱石は、藤村の自殺は自分のせいではないかとも思ったらしい。

神経衰弱は悪化する一方で、妻と一時別居したこともあり、十一月には、実家に帰れ、と繰り返したりする。この時期は漱石の「鬼」の時期ではなかったろうか。

そして前述したように、その翌三十七年に日露戦争が始まっている。因みにこの年の日本の人口は約四千六百万人。当時のロシアの人口は約一億二千万人。日本の倍以上である。その大国に挑んだわけである。それはさておき、その年の六月か七月頃、黒い猫が漱石の家に迷い込んできたのである。いくら追い出しても入ってくる、と猫嫌いの妻の鏡子が言う。すると漱石は、そんなに入ってくるんなら置いてやったらいいじゃないか、と同情の「仏」心を発している。さらに老婆の按摩が、爪の先まで黒い猫だから飼っておくと家が繁昌する、と言う。それで飼う気になったと鏡子は言っている。まさにこの猫が大作家漱石を生み出すことになったわけで、漱石の「仏となる身」が体現したのではなかったろうか。

十一月中旬になって高浜虚子から短編作品の執筆を勧められた。「吾輩は猫である」の誕生だが、題名は決まっていなかった。「ホト、ギス」(第八巻第三号)の予告を記してみる。「『吾輩は猫である。名前はまだ無い。』という冒頭より滔々十余頁に渉る一匹の猫の経歴談にして、寓意深遠、警句累出、我文壇始めて此種の好諷刺文に接したりといふべし。」とある。その作品が翌三十八年一月一日発行の「ホト、ギス」に発表されたのである。

「浮世」が「いやでいやで」と子規宛に書いてから十五年、その間には数えきれない鬼と仏が交錯したであろうが、「浮世」が結局大作家を生み出したのである。

放縦不羈の生活をして

――菊池　寛

小説を始め膨大な作品を残した菊池寛だが、短歌も九首残している。二十四歳の時の作品である。いずれも通底した感情で統べられているので、一首だけ採り上げるのは困難だが、九首中、冒頭の次の一首はどうだろうか。

その先きが屠獣場へと突き当る
　道と知らずに歩めるか我れ

（「校友会雑誌」第二百十四号）
――明治四十五年四月三日刊

私は岩手の寒村育ちのため、小学校・中学校が一つの校舎で、校庭も共用だった。その校庭の一部が山や田畑に続いていた。中学に入ると担任に畑に連れられて行っては、草取りやサツマイモ掘りをさせられた。学校の畑なのであったろう、生徒としてはそうした時間が楽しかったものである。その道の途中から小路に入ると、古びた板造りの大きな建物があった。私はそれが何の建物か知らなかったが、ませた友達がいて畑仕事の帰り、とさつばへ行くべ、と誘われ、数名でその建物へ寄り道したのである。私はその時初めてとさつばという言葉を知った。建物へ近づくと牛の匂いが襲ってきた。私の家でも黄土色の朝鮮牛を飼っていたからその匂いには慣れていた。隙間だらけの建物のため、難なく中を覗き見出来たのだが、私には衝撃であった。一頭の牛が四つ足と頭を縛られ、さらに目隠しをされていた。もう一方の端から、太い綱で縛られた大きな丸太棒が勢いよく綱もろとも飛んできたかと思うと、実に正確に牛の額を直撃したのである。牛が叫んだかどうかは覚えがない。ただ瞬間どたりと崩れたのである。私は腰を抜かしそうになった。

その建物が屠殺場《とさつば》だということを知ったのである。掲出した短歌の「屠獣場」とは屠殺場のことだと思われるが、韻律の関係でここではトジュウジョウと読むのだろうか。菊池寛は四国高松の生まれだが、その地方では屠獣場と呼んでいたのであろうと思われる。獣とあるから、牛に限らず豚とか猪なども含まれていたに違いない。私の地方でも屠殺場は豚も扱ったかも知れないが、前述した時には豚の姿を見た記憶がない。私の家の牛も屠殺されるために馬喰に買われていく際、小屋の前で脚を踏ん張り、涙を流したのを見た記憶がある。牛も自分の命を悟って涙を流すものなのだと母がよく語ったものである。

さて、この菊池寛の歌……自分が歩いている道の先に、屠獣場があるとは知らずに歩いている、というだけの内容ではあるまい。実は屠獣場へと向かい、その場へ入るのは牛や豚ではなく自分だというのである。自分が屠《ほふ》られるのだという。「屠」はばらばらにして殺すこと。これは尋常なことではない。「歩めるか」の「か」は、軽い疑問と同時に詠嘆を表わす助詞であろう。自分の身に起こることを深く詠嘆しているのである。寛が自分を屠る屠獣場へと歩いている……とはどういうことであろうか。

前述したようにこの歌は二十四歳の時のもの。年譜によれば二十歳で香川県立高松中学校を卒業すると、東京高等師範学校予科（英語部）に推薦で入学している。ところがその翌年「夏休みの帰省中、放縦不羈を理由に」（高松市菊池寛記念館『菊池寛全集』）除籍されている。寛が「放縦《ほうじゆう》不羈《ふき》」な行動をしたというのである。「放縦」はほうしょうともいうが、気儘・我儘のことであり、「不羈」は束縛されないこと。夏休みで帰省中に寛がそういうことをしたというのである。いったいどんな放縦不羈をしたのであろうか。ともかく除籍されたので、伯母の養子になる約束で明治大学法科に入学するのだが約三ヶ月で退学、一高文科の受験準備に取りかかっている。そのため正則英語学校の夜学に通い、徴兵猶予のため早稲田大学高等師範部に入学してもいる。こうして二十二歳の九月、第一高等学校第一部乙類（文科）に入学するわけだが、同期に芥川龍之介・久米正雄・成瀬正一・恒藤恭らがいたのはよく知られている。九首の短歌を発表したのは二年生の時である。

三首目に、

我が心破壊を慕ひ一箱の
　マッチを凡べて折り捨てしかな

という歌があるが、「破壊を慕ひ」とある辺りが「放縦不羈」に関係していそうである。昭和三年（一九二八）五月から翌年十二月まで、「半自叙伝」を「文芸春秋」に連載しているので、放縦不羈に該当しそうな部分を拾い挙げてみたい。なお寛は六十歳の昭和二十三年（一九四八）狭心症で急逝しているが、これを連載し始めた時は四十歳。

寛の家はかなり貧しかったらしい。父親は小学校の庶務係をしていたが、寛の教科書を買う金も無かったようである。したがって修学旅行にも参加させてもらえなかった。こうしたことが前提になったとは書いていないが、「小学校時代に、一時盗みをやつてゐた」のである。十三の時である。「友達から盗みをすることを教へられた」のである。書店で本を万引きすることから始まり、仲間が増え、エスカレートするのである。一年ぐらい続いたところで仲間の一人が洩らし、寛は父親から烈火のごとく怒られ、煙管で殴られたりしている。これは高等小学校二年生の時なのだが、寛はそれを心に引きずっていた故に、「半自叙伝」に記したのであろう。歌の詠まれる十年も前のことだが、「放縦不羈」の予兆であったろうか。

中学時代は大過なく過ごした後、気の進まない高等師範に入るのだが、「おとなしく出来なかつた」上に、「ヒポコンデリイで、何だか自分が肺病か何かのやうな気がして、少し自棄《やけ》気味になつて」いて、「私の行動は、不平と自棄とで、大人しい高師生の中で、目にあまるほど放縦であつたらしい」のである。寛は高松中学時代の秀才で、東京高等師範学校には推薦で入学している。しかし「中学二年のとき、父から師範学校の試験を受けさせられた。私はそれが嫌で父と争」っているし、「中学卒業後高等学校へ進めなかつたことは、私としてはかなり残念なことである」ともいっているので、前述の「自棄気味」とか「目にあまる放縦」とかに繋がったものと思われる。例えば、「厳格な学校で、教科書を持たないで教室へ出」たり、「学校を休んで芝居を見に行った」り、「言語道断のこと」をしていたのである。また当時社会主義に次ぐくらいの危険思想であった「個人主義」主張をクラス会で演説したりもするのである。決定的なのは、ある日、某教師の講義に出席してノートを忘れたため引き返した途中、知り合いの連中がテニスをしているので自分も混じってテニスをして講義を欠席してしまう。ところがふと気づくと、生徒監でもあるその教師がコートの傍らで見ていたのである。こうしたことから、「その夏帰省すると、追ひかけるやうに、除名の通知に接した」のである。以上が当時の「放縦不羈」であったらしい。ただこれらは高等師範学校時代のことで、寛が除名されたのは二十一歳。掲出歌はそれから三年後のものである。つまり一高二年生時の歌作。一高時代はどうだったのであろうか。

「僕は一高時代も貧乏で困ってゐた」とあるが、「金のないくせに、学生時代享楽時代を実行して」いたので、辞書や教科書、あるいはマントなど質に入れて金を工面していたのである。当時、永井荷風や上田敏らにより、享楽主義が主張されていたこともあり、一高でも「学生時代享楽時代」説がなされていたという。気の合った者同士で、おでんやカツレツなど洋食を喰い歩くことだったらしい。「僕らは一高でよく休んだ」ともあるから、高師時代の習慣を繰り返していたことになろう。出欠の点呼が取られる講義では、誰かに返事を頼んで休んだのである。それによる失敗談、あるいは芝居の見過ぎで寮の門限に遅れたエピソードも書かれているが、ここでは割愛したい。こうした寛たちに対して、「芥川は、われわれの放縦無頼の生活をよく思ってゐなかった」ともある。

寛は三年生の時一高を退学しているので、二年次までの「放縦不羈」に該当しそうな行動は以上のような内容ではなかろうか。小学校時代の盗みを含めて、寛は自分の行動を「放縦」と規定したのであろうか。二十四歳の青年は、それらが自分を「屠る」に等しい悪行と判断したのかもしれない。

反抗の血潮受けたりその事が
　身を亡せど狂ひて見たし

これは二首目の歌である。寛の身体に流れる反抗の血潮が、「放縦不羈」に繋がったのであろう。かなり強烈な歌だが、寛は「万葉集の雄渾素朴の味こそ、歌の生命」（昭和十二年「僕のメモより」）と言っている。

多感な少女時代

——宮本百合子

宮本百合子の少女時代は、才能を存分に発揮した多感な時代であったと断言できよう。そもそも代表作の一つである小説「貧しき人々の群」を書きあげたのが十七歳の時である。この時期の創作意欲は目を見張るばかりで、四〇〇字詰原稿用紙に換算して一八〇枚の「貧しき人々の群」、同字数原稿用紙に換算して二〇六枚の「日は輝けり」をあいついで脱稿している。しかも、ともに「中央公論」に発表された。これは十七歳の時だが、それ以前の十三歳の頃から原稿用紙に向かい始めたと思われる。『宮本百合子全集』（補巻一、二）（新日本出版社）は、百合子の十三歳から十七歳までの作品を五十数篇収録している。四八〇字詰原稿用紙使用が多いが、これらを四〇〇字詰に換算すると、二、〇〇〇枚を優に超える。一日一枚以上は書いていたことになり、当時からの百合子の並々ならない熱意が伝わってくる。これらの習作は、「貧しき人々の群」以前に書かれたものばかりで、つまり、それだけの作品を書いて、「貧しき人々の群」（一九一六・七・二五完成）を発表したということに納得するのである。

ところで、百合子作品には大人になってからの詩は見当たらない。少女時代十篇弱の詩を作っているが、ここでは同時期の短歌に触れてみたい。全集には三十九首が載っている。

ソトなでゝ涙ぐみけり青貝の
　螺鈿《らでん》の小箱光る悲しみ

紫陽花のあせそむる頃別れ来て
　迎へし秋のかなしかりしよ

まずは、二首だけ挙げてみよう。これらもその当時、十四歳時の作と推定されている。今でいえば、中学三年生。当時百合子は、東京女子高等師範学校附属高等女学校（お茶の水高女）三年生である。この頃、学校の空気や学課が無意味に思われ、苦痛だったらしい。それで、日比谷や上野の図書館通いをしたようである。そうした雰囲気を、「女学校の三年ごろを思い出すと、わたしの二十四時間には、それからあとに出来た不良少女というものになってゆくモメントが一つ二つではすまないほどどっさりあった」（「私の青春時代」）と回想している。こうした心情が文学へ向かわせたと考えられる。

ここに挙げた二首共に分かりよい短歌であろう。涙ぐみながら撫でる螺鈿の小箱が光る。ただそこには悲しみが纏っている。その謎は、相手と離別したことにある。二首目はそれをはっきりと、別れた時期からこの歌を詠んだ時期までの時の流れを歌っていて、悲しさを主情的に表現している。となると、誰かに螺鈿の小箱をもらったことになり、その誰かと別れた悲しみを詠ったことになろう。いわば螺鈿の小箱は形見になったということになる。そこで、相手が誰かということに興味を持つ。多感な女学生時代の高ぶりを連想させる。

この頃、百合子は祖母と京都へ行き、長逗留をしている。逗留先は祖母の弟、つまり大叔父《おおおじ》の家。百合子は明治三十二年（一八九九）二月に東京で長女として生まれた。父は中條精一郎。父の父、すなわち百合子の祖父は、米沢藩出身で、福島県安積《あさか》地方の原野を猪苗代湖の水を引いて開拓、「安積開拓の父」といわれた中條政恒である。精一郎はその長男。したがって、百合子の名字は中條。本名はユリである。母は、『日本道徳論』の著者で、のちに日本弘道会を興した倫理学者・西村茂樹の次女の葭江。この母は文学好きだったという。百合子は、小学校に入学すると、夏休みのたびに祖母・中條運（戸籍名ウン）の家のある福島を訪ねていたという。

十四歳の百合子と祖母は、六月末から紫陽花のあせる頃まで京都滞在をしている。その大叔父の家は祇園のそばにあった。夜な夜な蝶々のようなリボンをつけて、赤い緒の雪駄《せった》（竹皮草履《ぞうり》の裏に牛皮を張り付けたもの）を履いた舞子が歩いている。百合子は憧れるように眺めているうちに、出会った人物がいた。名は雛勇《ひなゆう》というが男ではない。一人の舞子と友達になったのである。一つ年上で、本名は山崎のお妙《たえ》チャンといった。舞子は百合子を、「お百合ちゃん」と呼んだ。既述したように、本名はユリだが、雛勇に「ユリちゃん」ではなく「お百合ちゃん」と呼ばせた。「貧しき人々の群」は中條百合子の筆名で発表されている。なお、百合子は一度結婚して離婚後、三十三歳の時に十歳年下の宮本顕治と再婚後、宮本百合子としている。女学生時代は中條ユリである。

雛勇ことお妙ちゃんの「家」は、大叔父の家から三軒ほど北にある近隣であった。そのため、毎日のように遊びに行く。その「家」には、お妙ちゃんのほか何人かの舞子たちが同居していた。雛勇は、「その横がおは、瞳をよそに動かしたくないほどの美くしさ」で「浮世絵の中からうき出した人」のような美少女であり、「その美くしさに私はも一寸で涙が流れ出すほど」なのである。少女時代、思春期時代特有の、極まった感情が流れている。その雛勇が座敷や踊りの舞台に出る時間まで、二人は仲よく時を過ごす。「雛勇はんは後に来て私の髪の毛と自分の髪をより合わせて居た」というほどの、「まるで恋中の様」に親密になった。当然、他の舞子たちの噂にもなる。百合子の帰京の日が迫るにつれ、いちだんと別れがたくなる。「起請文を書いて小指を切ろうかしら」と百合子が提案するほどになる。雛勇は何度も、百合子が自分のことを忘れるのではないかと不安がる。その心底には、「わての仲ようする人は皆早うどこぞへ行ってしもうたりどうでも別れにゃならん様な人ばっかりやさかえ」という思いが横たわっていた。その二人が、とうとう別れる九月九日が来た時に、雛勇は袂から「紫のふくさに包んだ小さなしかし中のなつかしそうなもの」を取り出すと、百合子も「懐の中のはこせこ」を出して交換した。雛勇からのものが袱紗《ふくさ》（方形の絹布）に包んだ螺鈿の小箱。百合子からのものは筥迫《はこせこ》（女性が懐に挟んで持つ装身具）。

こうして別れて帰京した百合子が雛勇と手紙のやり取りを繰り返した約半年後の三月初旬を最後に、お妙ちゃんの手紙が途絶えてしまう。「イライラする様な日がつづいて」いたある日、一通の白い封筒が届く。雛勇ことお妙ちゃんの死を知らせるものであった。仰天した百合子は、雛勇と同居している舞子に手紙で事情を聴くが、死因は「教えてよこさない」。ただうわ言に「お百合ちゃんお百合ちゃん」と云い、「死んだらこれを」と遺言された品を送ってよこした。それは「口紅のかすかにのこる舞扇」であった……。以上の経過は、女学校三年時の九月に執筆された百合子の「ひな勇はん」に拠る。原稿用紙三十数枚の作品だが、源氏物語の文体を真似たのか一文が非常に長かったり、文章の繋がりが荒かったり、新旧仮名遣いの不統一や誤字もあったりして読みづらい。現代の中学三年生には、すんなりと読めないかも知れない。

それにしても、お妙ちゃんの死の真相が分からず、それは謎のままになる。ただ、手紙が途絶えた後、百合子は、「フット疑が起った」と記している。しかしすぐに「けれ共どうと思うでなく」と否定するが、わだかまりを抱えたに違いない。というのは、お妙ちゃんの家に行き始めて二十日ほど経った頃、いつものように格子戸の外に立った時、眉の青い女房がお妙に何か言って聞かせる声が響き、それに応えるお妙ちゃんの声がする。百合子は「おびやかされた様な気になって」そのまま一目散に帰ってしまう、ということがあった。ふだんから、内気でシンミリしているお妙ちゃんを思うと、それは耐え難いことだったのではないかと、百合子は考えたに違いない。その女房のみならず、同居の舞子たちからも意地悪く扱われていたように思うのである。ただそれは、あくまで百合子の推測にすぎない。が、孤独に耐えられず自殺したのではないかと推測したのであろう。

多感な百合子には、雛勇の死は大きな衝撃であり、喪失感が漂ったに違いない。短歌三十九首のうち、九首が「ひな勇を思ひ出して」の詞書で詠まれている。ここに挙げた二首以外を記してみる。なお、「ソトなで、……」は一番目、「紫陽花の……」は五番目である。

紫のふくさに包み花道で
　もらひし小箱今はかたみよ

振長き京の舞子の口紅の
　うつりし扇なつかしきかな

姉妹の様やと云はれ喜びし
　京の舞子のひな勇と我れ

たゞ一人はかなく逝きしひな勇は
　いまはのきはに我名呼びきと

我名をば呼びきと低うくり返せば
　まぶたのうらは熱くなり行く

思ひ出でゝひな勇はんと低うよべば
　白粉の香のにほふ心地す

いつの世にか又めぐり会ふ折もあるかと

螺鈿小箱を秘めておきけり

「紫の……」の中の「花道」は、雛勇が踊りを踊る舞台の花道。「振長き」は動作がゆったりしているの意。「思ひ出で、……」の「白粉」は「おしろい」と読む。

以上は女学校三年時の作だが、二年後の五年生の時、「短歌」という小品を書いている。原稿用紙二枚の覚書風のもの。これを見ると、母親葭江（戸籍名ヨシ）（一九一五・一・六）とのやりとりが短歌力を培ったようである。「母は、万葉調のが上手で、十一の時から詠《よ》んで居たから、流石に巧《うま》い」とあり、「私のとは、まるで気持が違う」とある。それで、「短歌集を引き出して見たり「只、短歌の事ばっかり考えて居る」時期があった。雛勇に夢中になったように、一つのことに熱中する性格。その根底には、「こんな事にでも私の人にまけたくない気持が現れる」〈波線筆者〉という自己分析。これが、この後百合子を創作へと駆り続けていった原動力だったのだろうと分かるのである。

細心精緻の求知心

――上田　敏

君は舞ふわれは舞ひえずいたづらに胸の騒ぎを心にて舞ふ

上田敏の短歌は、全集に二首しか見当たらない。ここに挙げたのはそのうちの一首。共に、森鴎外に関係する歌で、この一首には「観潮楼にて（明治四十二年一月九日）」の詞書がある。「観潮楼」とは森鴎外の二階建ての書斎。明治四十二年（一九〇九）は上田三十五歳。鴎外は四十七歳である。ともに、いわゆる戌年生まれなのでちょうど一回りの歳の差がある。

二首とも、森鴎外に関係する歌であるといったが、もう一首も記してみる。この短歌には長い詞書がついているが、それも記してみよう。

〔一月廿一日（明治三十八年）の夕べ森鴎外の君の誕生日をことほぐとて千朶山房につどひし人々

大久保ぬしのかきたる葉書にかきそへて戦地なる君のもとに寄せたる歌どものうち」とあり、

星影も異なる沙河の冬の空を忍ばひかたる燈火のもと

という一首である。この短歌は、「心の花」（明治三十八年十月）に発表されたもので、「燈火」は初出では「埋火」。鴎外の誕生日に人々が集まり、戦場にいる鴎外への寄せ書きに歌を詠んだという。鴎外の誕生日は文久二年一月十九日（陽暦二月十七日）。どうやら、誕生日の二日後に集まったらしい。「千朶《せんだ》山房」とは千駄木町にあった鴎外の邸宅で、この地へ移った明治二十三年（一八九〇）頃、一帯はようやく山林を切り拓いて宅地化にしたらしい。「朶」とは木の枝が垂れさがる様子だから、まさに当時は「千朶」に囲まれた「山房」だったに違いない。ちなみに、この屋敷は、後に夏目漱石が住んだところでもある。漱石には「漱石山房」という号があるが、それは本郷区西片町に転居してからのことである。鴎外の場合、屋敷は千駄木町五十七番地なのだが、約一年後に二十一番地へ移転、やはり「千朶山房」と呼んだ。人々はここに集まったことになる。その後十九番地を買い広げて建てたのが「観潮楼」である。二階の書斎からは海が眺められたという。

鴎外は前年の明治三十七年（一九〇四）に、第二軍軍医部長として日露戦争に臨んでいた。詞書の「戦地なる君」とはそういうことである。この年の十月に上田は訳詩集『海潮音』を出版、詩界に大反響を及ぼすことになった。高等官四等に叙せられ、明治大学に出講、十月には正六位に叙せられてもいる。

上田は、この翌年明治三十九年（一九〇六）一月十二日には、日露戦争に勝利して帰国した鴎外の凱旋を新橋駅に出迎え、森家の祝宴に出席もしている。鴎外は帰還すると、第一師団軍医部長・陸軍軍医学校長に復し、金鵄勲章や勲二等旭日重光章を受章している。上田と鴎外はそういう関わりの中にいたのでもある。

ところで掲出短歌は観潮楼で詠まれたものだが、鴎外は日露戦争から帰還した翌年の明治四十年（一九〇七）、「明星」の与謝野鉄幹、「馬酔木」の伊藤左千夫、「心の花」の佐々木信綱らを集めて、「観潮楼歌会」を始めている。この年の上田はというと、諸方で講演、高等官三等へ昇り、従五位に叙せられている。十一月には、私費で外遊に出かけるが、出発二日前、鉄幹の肝いりで送別会が開かれ、鴎外、島崎藤村、漱石、馬場孤蝶ら五、六十名が参会している。翌年十月帰国。

冒頭歌は詞書にあるように歌会の場での歌である。この日明治四十二年（一九〇九）一月九日には、鉄幹、左千夫、古泉千樫、吉井勇、石川啄木、斎藤茂吉、平野万里、太田正雄が出席している。一月十九日は鴎外の誕生日だが、この日はその十日前に当たる歌会である。もっともその底では、誕生日を前提にしていたのであろうか。「君は舞ふ」とはそうしたことを連想させる。

「君」とは相手を尊んでいう呼称であり、「君主」も意味する。上田が鴎外を「君」と呼ぶには、相応の理由があろう。もちろん「観潮楼歌会」の主は鴎外だから当然その場の「君主」。

もう一つは文芸上の実績であろう。この時期までの、論文を除く鴎外の既発表作品を挙げてみる。

小説「舞姫」「うたかたの記」「文づかひ」「そめちがへ」「朝寝」。翻訳「即興詩人」。翻訳・随筆「かげ草」。戯曲「玉篋両浦嶼《たまくしげふたりのうらしま》」。その他「うた日記」……目覚ましい活躍であった。これらを目にし耳にしていた上田のみならず大勢の人々は、鴎外を畏怖したであろう。上田にとって鴎外は「君」だったのである。「舞ふ」とあるが、実際に鴎外が舞を舞ったのであろうか。おそらく「舞ふ」とは、実際に体で舞うというばかりではなく、世の中に羽ばたいているという意味だったに違いない。いわば、世に舞っていたといえよう。そうした鴎外を前にして、上田は「われは舞ひえず」と萎縮してしまうのである。上田も『海潮音』出版で、文名大いに上がっていた時期である。それでも、十二歳年上で今を盛りに活躍している鴎外の前では「われは舞ひえず」であった。それどころか、「いたづらに」胸が騒ぐのである。騒ぎとは種々の葛藤であろう。その騒ぎは他人には見えない。そうなれば居直ることも出来るから、その「胸の騒ぎ」を背景にして、あるいは活力にして心で舞うというのである。こうした表現に上田の人柄が偲ばれそうに思える。それはもう一首「星影も……」でも、会戦の場となった沙河《しゃか》の空を忍んで語り合っている夜の雰囲気を、炭火の灯りから燈火へとわずかに手直しした辺りにも感じられる。華々しい表現ではない。鷗外の苦労をいかにも抑えた表現で詠っていると感じ取れる。

ところで、この歌会で三十五歳の上田は萎縮していたと思えるが、上田より若い者たちはどうだったのだろう。この時二十三歳の若者が三人いた。古泉、吉井、啄木である。当日の啄木日記を見てみる。「森先生の会だ。四時少しすぎに出かけた。門まで行って与謝野氏と一緒、吉井君が一人来てゐた。やがて伊藤君、千樫君、初めての斎藤茂吉君、それから平野君、上田敏氏、おくれて太田君――（略）題は十一月からの兼題五、披露が済んで予が十九点、伊藤君が十八点、寛、高湛《たかやす》、勇の三人は十四点、その他――十時散会」。太田は太田正雄で木下杢太郎の本名、高湛は鷗外の諱《いみな》、勇は吉井勇。与謝野鉄幹には「氏」付けだが、後では「寛」と呼び捨てで、上田は「氏」付け。あとは目上の人々に「君」付け。日記だから誰にも見せる積りで書いたものではないだろうが、啄木の人柄が感じられよう。この時、最高点を取った意気揚々さも混じっていようか。上田はこの啄木の才能を高く評価していて、啄木の最初の詩集『あこがれ』の巻頭に「啄木」という詩を寄せている。詩集は四年前の三十八年五月刊行だから、啄木十九歳。その頃から上田は啄木に注目していたこともあって、上田には「氏」付けで記しているのかもしれない。

啄木の話になるが、この歌会で詠んだと思われる「兼題五」とある五首を全集から探してみた。「兼題」とは「兼日題」の略で「兼日」ともいい、かねてから出しておく題のこと。どんな題か分からないが、二首だけ記してみる。

あの時に君もし我に物言はゞ或は君を殺したるべし
わが母の小さき耳の根の痣の消ゆるをまちて七つになりき

相反するような心情の歌だが、これらが最高点を取ったことになろう。上田の短歌はどんな評価になったのか知りたいのだが、資料が見つからない。例えば当日の木下杢太郎の日記は「森さんの観潮楼歌会にゆく。」とあるだけで素っ気ない。左千夫の一月十日付、胡桃澤勘内宛書簡に「茂吉君千樫君と三人にて出席大に気焔を挙け申候」とあるが、どんな気焔を挙げたのか記されていない。主宰者鴎外の日記には「斎藤茂吉君始て来たり。短詩会を催す。（中略）会散《あら》けて後、上田敏のいはく。所謂文芸（以下白）」とあるが、初めて参加した茂吉の日記には見当たらない。ただここで、上田が何か文芸について鴎外に語ったというのだが、（以下白）とあって中身がないのは残念である。いずれにしても、上田の歌についての感想は見当たらない。そしてまた、上田自身の歌会についての感想もない。どんな発言をしたのであろう。啄木の日記だけが意気軒昂だが、若さもさることながら自信にも支えられていたのであろう。鴎外と上田は十二歳違いの戊年生まれだが、啄木もまた上田より十二歳年下の戊年生まれ。しかし、京都帝国大学文科大学講師だった上田の控えめな性格が浮かんでくる。この性格が、「君は舞ふ……」の歌になったのではないだろうか。

鼻の形を忘れた女

――谷崎潤一郎

谷崎潤一郎全集を捲って見ると、十代後半にかけて「少年世界」や「学友会雑誌」等に十篇足らずの詩を発表している。五音、七音を基調にした新体詩である。それらの詩数に比べると、短歌の方が多く目につく。ざっと六十首くらいであろうか。もっとあるかもしれない。その中でも気にかかる短歌があるので、ここでは谷崎の短歌について触れてみたい。

明治四十四年(一九一一)十一月号「朱欒《ザムボア》」に「そぞろごと」して十二首発表された中の一首である。

三十里離《か》れつつ住めば吾妹子の鼻の形状《かたち》をふと忘れぬる

この発表から六年後、大正六年(一九一七)四月号「婦人公論」に、谷崎は「私の初恋」という随筆を書いた。そこに掲げられている四首の短歌をすべて記してみよう。

君と共に釣する此の日恍《くわう》として、夢にも似たる酒匂《さかは》の水に
三十里はなれて住めば吾妹子が鼻の形を忘れけるかな
箱根路をゆふこえ来れば吾妹子が、黒髪あらふ湯の煙見ゆ
みちのくの三箱の御湯にゆあみして、かゞやく肌を妹に誇らむ

このうち二番目の一首が漢字や仮名、表出に若干の相違はあるものの、取り上げた短歌と同じ趣向である。

前者の結句「ふと忘れぬる」の「ぬる」は、「ぬ」の連体形止めだから、その下に続く余韻を与えるが、同時にこの助動詞は自然性を秘めている。ふっと偶然に忘れたのである。後者の「忘れけるかな」の「ける」は詠嘆の意味だから、「かな」という詠嘆の助詞と重なって、その嘆きが二倍になっている。前者の発表から六年経過している分の詠嘆であろうか。そのことは、前者の第二句、「離れつつ」の「つつ」が動作の継続性を表わすので、その時点では二人は繰り返し会っていたのであろう。しかし後者になると、「はなれて」と距離が定着してしまう。その分だけ嘆きは深いということになろう。こうした表現に、谷崎の繊細さを感じるが、内容上は同趣向

といえよう。それだけに二人の経緯に興味がそそられてしまう。

これで済まずにさらに五年後、谷崎は大正十一年（一九二二）三月号「中央公論」に、「歌四首」として発表した中に「三十里……」の歌をまたしても掲げている。三度目である。表記上、「鼻の形」が「鼻のかたち」になってるけれど、よほどの自信作だったに違いない。あるいは、谷崎はよほどこの歌を好んでいたと考えたい（ちなみに、ほかの三首のうち二首はここに挙げた「箱根路を……」「みちのくの……」であり、一首だけが目新しい）。

「吾妹子」は「わぎもこ」と読み、男性から妻や恋人などをいう古語である。谷崎は、愛する女性の顔全体ではなく、鼻の形に拘っていたらしい。しかしそれも忘れたというのである。ただそれは、時間の経過によるというより、二人が三十里も離れて住んでいる距離のせいらしい。三十里は約一二〇km。車でなら二時間程度の距離だが、当時の交通手段を考えれば容易に会えない距離であったろう。谷崎は明治十九年（一八八六）、東京生まれ。

ところで「私の初恋」には、短い文章の中でさまざまな経緯が語られている。まず、「私には、非常に早くから、ホモ、セクスアリスの傾向があつたらしく」、その対象は芝居の舞台の「女形《おやま》や子役」であり、また、浅草の見世物小屋で登場する「少年」や「玉乗りの男」。と記した後、「私の初恋らしい初恋は」「某《なにがし》と云ふ美少年との交際」とも記す。ただそれらはいずれも淡い憧れであり、「高等学校へ這入つた時分に、或る純潔な無邪気な処女と知り合つて、互いに愛し合つた。

此れがほんたうの初恋と云ふべきものであつたらう」と述懐している。こうした告白の後で、「その美少年や女に寄せた当時の和歌」を四首記しているのである。こうなると「純潔な無邪気な処女」が気になろう。当然、三十里離れた吾妹子であろう。この歌の次の歌「箱根路を……」が、おそらく「無邪気な処女」の在処を示唆しているのだろうと思えるのである。

明治三十五年（一九〇二）十六歳の時、父倉五郎が事業に失敗したため、東京府立第一中学校二年生だった谷崎は退学せざるを得なくなった。谷崎は成績が抜群だったため、その才能を惜しんだ教師の斡旋で、京橋区にあった精養軒の主人・北村重昌家に書生兼家庭教師として住み込むことになり、学業を続けることが出来たのである。そこで谷崎は、主人の弟二人を教えたという。

こうして第一中学校を卒業した後、第一高等学校英法科に入学する。明治三十八年（一九〇五）のことである。この年の三月末に、穂積フクという十六歳の少女が、行儀見習いに小間使いとして北村家にやって来た。フクは、箱根塔之澤の旅館松本屋の娘であった。となると、前述の歌「箱根路を……」や「三十里……」の「吾妹子」がフクと考えられる。東京から箱根までが三十里ということになろう。現在東京から箱根まで行くのに、五つほどのルートがあるようだが、最短で約八十三㎞、一時間十分程度、最長で約六八〇㎞、八時間半という記録が見られる。当時、軽便鉄道やバスに乗り継ぐ不便さは大変なものがあったに違いない。それが三十里、一二〇㎞。「高等学校へ這入つた時分に、或る純潔な無邪気な処女と知り合つて、互いに愛し合つた」とある通り、フクとの出会いが時期的にも一致している。さらには、「私の初恋」で、「彼の女は今から六七年前に心臓を病んで、自分の故郷の或る温泉地で死んでしまった」とある。穂積フクは、明治四十五年（一九一二）一月三日、満二十二歳で急性肺炎のため亡くなっているので、「私の初恋」が発表される五年前ということになるが、「六七年前」というのは漠然と記したものであろう。ともかくも、この短歌から推察される「吾妹子」は穂積フクと考えたい。

谷崎は明治四十年（一九〇七）十二月、「校友会雑誌」に「死火山」という短編を発表している。フクとの出会いの顛末を作品化したものである。それによれば、フクの境遇を聞かされて「とてもよく似し身上かな」と共に泣き、フクへ激しく思慕の念を増してゆく。ところがどうした訳か、主人に罵られた悔しさに、フクは伯母の許《もと》へ逃げてゆく。「伯母は新橋金春にいやしき家業をいとなむ者」であった。新橋は当時花街。そこで「われ」は恋しさのあまり、思い切って、五月九日の夜「思のあらましを」手紙にする。すると早くも十一日の朝にはフクの返事が届く。しかしそこには、伯母が商人のもとへ私を嫁がせて金を得ようとしているので、死のうと思っているとか、私がいなかったものと思ってくださいとか、お詫びに一生独身で通しますとか、最後に「さらばこの世にこれぞながき御別なるべし」と書かれていたのである。つまりは、燃える情熱の炎も封じ込められた「死火山」同様だというのである。そして、「はこね路を……」の歌が出ている。

谷崎二十一歳、フク十八歳。実はこの作品発表前の六月、フクに宛てた谷崎の恋文が見つかり、父親が北村家に呼び出される。そのあたりの事情を、弟の精二（小説家・評論家・英文学者）によれば、「スグキテクレ」という電報が北村氏から届いたらしい。「当時青年が華厳の滝へ飛び込むのがはやっていたので、『華厳の滝へ行ったんじゃないかな』と半ば冗談に」（『明治の日本橋・潤一郎の手紙』）母に答えたりしたという。

谷崎は北村家を追い出されてしまう。当時の世情では、奉公人の恋はご法度であったため、フクも逐われてしまう。追い出された谷崎は一高の寄宿寮に入寮、フクは温泉宿を営む実家に帰される。

しかし二人は、その後もしばらく交際していたようである。谷崎が小田原から塔之澤まで出かけて行ったり、フクが東京へ逃げ出してきたりしていたというのである。例えば、一高の寮で同室だった津島寿一（蔵相や防衛庁長官を歴任）は、「……当時もその後も、私は極秘にした事柄だが、谷崎に頼まれて福子さんを私の下宿へ匿ったのであった」（野村尚吾『谷崎潤一郎』）と言っている。福子はフクのこと。また、当時、発電所の夜勤員をしていた精二が朝帰宅して部屋へ入ろうとすると、そこに「兄と若い女性が話し込んで」いて、「『ちょいと、おれの部屋へ行っていてくれないか。』兄は少しうろたえたように叫んだ」りしている。またある日には、机上に置手紙があり、「My dear brother, an evil accident which happened to me and her,obliged me to go to Hakone as soon as possible」と書かれていたという。両親に分からないように英文で書いたのだろうと推測している。自分とフクにとんでもないアクシデントが降りかかったから、大急ぎで箱根へ行かなくちゃならないのでよろしく、とでもいう内容であろうか。「この『悪い出来事《イブル・アクシデント》』というのはどんな事だか、兄は何も話さなかったので、私は知らない。F子さんも結局兄のために家出をし、後に不幸な生涯を終えたとか聞いている。兄の青春の犠牲になったわけである」と記している。「悪い出来事」とは、おそらく発病したことだったのであろう。

たしかに、谷崎の脳裏に長い間刻まれていたにしても、フクは不幸な一生を終えたことになろう。谷崎は「鼻の形」に拘ったが、「死火山」でも特別にフクの顔立ちの描写はない。「つや〳〵と烏の羽色なす黒髪を娘島田に結ひし可愛さ」とはあるが、その容貌には触れていない。鼻の形も現れない。しかし、三度もそれを詠った短歌が公の場に発表されている。描写しないことで、読者の想像を掻き立てるのであろうか。

ついでに、「みちのくの三箱の御湯」とは、福島のいわき湯本温泉のことで、「さはこ」という。古くはその地を「佐波古」と呼んだことに由来するらしい。硫酸塩温泉が肌に効き、美人の湯とも言われ、古来文人墨客も多く訪れたらしい。してみると、谷崎はその湯で肌を艶やかにして、「かゞやく肌を妹に誇」ろうとしたのだろうか。箱根の温泉宿生まれのフクに対抗するように……。

男らしく生きたい

――島木健作

島木健作は北海道札幌の生まれだが、後に東北大学法文学部選科に入学するので仙台と縁を持つことになる。といってもわずか一年程度の在学なのだが……それも二十歳過ぎのことなので、ここに挙げる作歌時代の後のことである。つまり、健作の歌作は、ことさら珍しくはないが十代に集中している。

男らしく生きむと思ひ山見れば何とはなしに涙満ちくる　（「オリーブ」十三号）

男らしく生きようと思うものの、山を見て涙をこぼす……まるで心情が相反するような実景。男である健作が、わざわざ男らしく生きようと思う心情はどうしてなのか、そのくせ、山を見て涙がこぼれるのはなぜなのか、山とはどこの山なのか、などと思ってしまう。

この歌は「工場の煙」の題で発表された九首連作の一首。十六歳時の作と推定される。掲載誌の「オリーブ」は、安達不死鳥・立野芳鳴らを中心とした札幌の歌誌。

健作（本名・朝倉菊雄）は札幌生まれだが、両親の家祖は旧伊達藩の家臣で、廃藩により北海道に移住していた。父親は北海道庁に勤務していたが、日露戦争開始と同時に官命により大連に長期出張中病没してしまう。健作二歳の時である。それでも父親の顔を覚えていたのだろうか。「淋しさにそっと描きし人顔が亡き父に似て悲しき夕べ」という十五歳時の歌がある。健作には異母兄たちがいたが成長していた。そのため、母のマツが自分の実子二人（八郎・菊雄）を連れ、分家して長屋に住むようになった。健作四歳。生活の苦労の始まりである。母親は主として和服の仕立によって生計を立てたのだという。幼時の頃から、兄と健作は母親の苦労を目の当たりにして生活したことになろう。ところがその母が目を悪くしてしまう。過労が祟《たた》ったのであろう。その頃の母を詠った短歌がある。「氷りたる雪道行けば痛むてふたらちねの母の腰揉みにけり」「一心にわれ腰揉めば老いし母眼を閉ぢて息つく哀れ」。

母親はそのため裁縫が思うに任せなくなり、留守番として他家に移り住むことになるのだが、健作は高等小学校を退くことになるのである。健作十四歳。それで北海道拓殖銀行の給仕（雑用をする少年）になるのだが、その頃から俳句・短歌に興味を持ち、雑誌に投稿して載るようになる。

同時に小説家にもなりたいと志向するようになったらしい。給仕をしながら、東本願寺別院が経営する夜学に通っている。少年には過酷な生活であったろう。そうした状況を詠ったと思われる歌もある。「十二時の夜業を終へて帰り来しけだるき手もて床のぶるかな」「床ぬちに頭おさへつだるき眼に柱の節穴見てゐる心」「疲れたるからだ横たへからっぽな頭おさへて眼を閉ぢにけり」。これらは十六歳時の作だが、句作・歌作はそういう境遇からの救いの一つだったと思われる。冒頭歌もそうした中での一連の作品である。

そういう母の精神肉体上の苦労、自らの苦労を背景に抱えていたがゆえに、強く生きねばならぬと自分を励ましていたものと思われる。十五歳時作に「強く生きむ大きく生きむとあせりつつ今宵も我は思ひにふける」と詠んで、責任感を自らに植え付けている。冒頭歌はこの「強く生きむ大きく生きむ」の歌に繋がるものであろう。ただ一年後の心情の変化の一つとして、山を見て涙を流している。札幌から見える山といえば、スキー場としても知られる手稲山であろう。当時健作一家は札幌区南三条西に居住している。手稲山を毎日眺めていたであろう。

遠く見る手稲の山は真白なり水を汲みつつ寒しといふも

と詠んでいる。雪の積もった手稲山を遠くに見て、水汲みをするのである。札幌の寒さ、水の冷たさ。水は飲み水であり、沸かして洗面にも用いたであろう。母の手伝いである。こういう歌を読むと、私も中学・高校時代を思い起こす。郷里の岩手の冬も寒かった。私の毎日の仕事の一つが、隣家にある共同の井戸からの水汲み。釣瓶を井戸に垂らして桶で汲み上げる。それを二つの一斗（18ℓ強）入りのバケツに満たし、両手に下げて五、六〇mの路を運ぶ。田舎の隣家は距離がある。腕に力のついたのが有難い……。

「強く生きむ」を実践するかのように、大正八年（一九一九）、苦学の目的をもって単身上京するのである。十六歳。その際の連作九首が「オリーブ」十五号に載っている。その詞書に「大正八年三月八日、日頃の目的をとげて上京の途につく余の初旅なり」とある。その一首に「霧小雨降りて寂しも甲板に山はと見れど曇りて見えず」とあるが、函館から乗船したようなので、この山は手稲山ではあるまい。この場合、「止めがたき希望をのせて汽車は行く心は躍る若き心は」と詠む健作には、山が見えなくてもよかったであろう。

上京してからは、神田基督教青年会職業紹介部を介して、医者や弁護士などの玄関番をしながら、正則英語学校中等部最上クラスの夜学に通っている。そして早稲田に入学するという目的をもって苦学するのである。この当時、友人阿部平三郎に宛てた書簡が十余通あるが、そこからいろいろ拾ってみる。「ああ我等は只信ずる処に向って猛進せんのみ。吾人は男児に非ずや」とまさに「男らしく生きむ」という信念が伝わる。阿部に対しても「あせらず、迫らず悠然として目的に向って進まれんことを切望す。」という。二人は「男らしく生きむ」間柄だったらしい。健作は文学者への道を志向している自分を、「徒に只軟文學にかぶれて何の主義定見なくガヤガヤ騒いでゐる彼等よりは遥かに偉い人間なんだ」と位置付けている。非常な自信家に変貌していた。さらには、「僕の身体はどうでもなれと思ってゐる。もう男一匹だ。茫然としてゐる様な人間ぢゃないから心配無用だ。どこへ行ったって喰って勉強位して行けるつもりだ。」「身体は益々頑健、東京の人間の弱いのを嘲《アザ》笑ってゐる。」「僕は身体の方は益々丈夫だ。少し太った様な気もする。昨日『目方』を量って見たら十四貫三百匁あった。」「病気なんかには中々罹りさうにもない。」と意気軒昂であった。十四貫三百匁とは約五十四kg。

この男らしく、頑健に生きながら苦学を続けていた健作だが、過労と栄養不良が重なったらしい。翌大正九年六月に病に倒れ、帰郷するのである。肺結核の診断を受けるのである。何回にもわたり多量の喀血、重態にも陥る。これが十七歳。

と記してくると、こうした境遇の石川啄木と重なってしまう。啄木もまた単身意気揚々と上京するのだが、心身ともに病んで帰郷する。やはり十七歳。ただ啄木にとっては故郷の山々は懐かしい。

かにかくに渋民村は恋しかり

おもいでの山
おもいでの川

ふるさとの山に向ひて
言ふことなし
ふるさとの山はありがたきかな

共に有名な短歌だが、啄木にとっての故郷の山は岩手山であり、姫神山であり、それらは恋しくも有難い山である。病んだ心を癒してくれる山である。健作の冒頭歌は山を見て涙を流す。少年の感傷ということも出来よう。たしかに、健作には涙を流す歌は他にもある。

病むわれに秘めて人より金借りし母の心に涙を流す

この短歌は、「いたつき」の題で掲載された連作八首の中の一首である。「いたつき」は現代仮名遣いでは「いたずき」で、漢字で「労」と書き、病気のこと。前記したように、この時健作は病に罹り、臥せっていた。生計の苦しい母が、こっそりと借金する。それが自分のためだから泣かざるを得ない。この涙と冒頭歌の涙は異なっていよう。「男らしく生きむ」と決意して見た手稲山への別れもさることながら、おそらくは不動のゆるぎない山に対する自分の弱さを詠い、戒めた涙ではないだろうか。

健作はこの後、東北大学に入るもののほとんど講義には出席せず、林房雄らと知り合い、仙台最初の労働組合を組織している。二十二歳。そして学業を捨て、共産党に入党、中野重治らと政治活動に精を出す。やがて検挙されるが、「男らしく生きむ」とした健作の必然の生き方だったと思いたい。

名取川五首

――樋口一葉

二十四歳で夭折した女流作家・樋口一葉は十一歳の頃から和歌の指導を受けていただけに、膨大な数の短歌を残している。四千首は超えるという。それで二の足を踏んでいたところ、抜粋した歌集を見つけたので、その中から名取川を詠んだ五首だけを拾い上げてみた。

①名取河浪のぬれぎぬきつる哉おもふ心もまだかけなくに
②ひたすらに厭ひは果てじ名取川なき名も恋のうちにぞありける
③みちのくのなき名取川くるしきは人にきせたるぬれ衣にして
④なとり川瀬々のうもれ木それすらも世にあらはるゝ時はありけり
⑤いざさらばなき名とり川このままにぬれ衣にしてやみぬべきかは

名取川は古くから中央でも知られていた名高い川である。とはいえ、実際に川を見ていたというのではなく、その名称に興味を抱いたらしい。例えば『枕草子』（五十九段）には「名取川、いかなる名を取りたるならむと聞かまほし」とある。清少納言が川の名の由来を知りたいというのである。「名取」はアイヌ語らしい。「ヌタトリ」（湿地）に由来するという。名取川は山形県境の大東《おおあずま》岳（一、三六五・八m）・二口《ふたくち》峠（九三四m）を水源とする一級河川。『枕草子』よりほぼ百年前にできた『古今和歌集』に「みちのくにありといふなるなとり河なきなとりてはくるしかりけり」（壬生忠岑・巻第十三）が既に詠まれていて、清少納言にはこの歌が念頭にあったろう。「なきな」（無き名）とは身に覚えのない噂、すなわち濡れ衣《ぎぬ》。「名取る」とは評判をとるとか有名になること。『古今和歌集』から三百年後の『新古今和歌集』からの一首、「名取川やなせの浪ぞ騒ぐなる紅葉やいとどよりてせくらむ」（源重之・巻六）となると、いかにも眼前の名取川を詠んだように思える。鮭や鮎が獲れ、それらを獲る「簗《やな》」を仕掛けるわけだが、紅葉が散り落ちて、それがいっそう川を堰《せ》き止めるというのである。川の周囲の紅葉が美しい佳境でもあった。源重之は旅の歌人だったというが、名取まで来たのかどうか私には分からない。また、道興准后《じゅごう》著『廻国雑記』（文明十九年・一四八七）には「人しれぬ埋れ木ならば名とり川ながれての世になど聞ゆらん」があるという。埋れ木は半ば炭化した木で、仙台広瀬川沿岸のものが著名。埋れ木細工は仙台の名産でもある。が、世間から見捨てられて顧みられない境遇のことも譬えていう。人に知られない埋れ木なのに、なんで今頃になって人の噂になるのだろう……。広瀬川は途中で名取川と合流するから、埋れ木は名取川のものとして古い時代から知られていたらしい。

こうした、古来歌に詠まれた名取川を、一葉は和歌で学んだのである。

一葉の本名は戸籍上は奈津だが、なつ・夏子とも書く。十一歳の時、青梅学校高等科第四級を首席で終了した秀才。ただ母親の多喜が、「女子にながく学問をさせなんは行々の為よろしからず」と言い、第三級には進まず退学している。当時奈津は松原喜三郎という福島出身の歌人の感化を受け、和歌を詠み始めた。退学してからは、元芝大神宮祠掌（下級の神職）の経歴を持つ和田重雄により、通信教育で和歌の添削を受けている。しかし本格的な作歌活動に入るのは、中島歌子の歌塾・萩《はぎ》の舎《や》に入舎した十四歳の時からである。

歌子は税所《さいしょ》敦子、鶴久子と並んで、当時東京で知られた女流歌人であった。奈津が入門したころの萩の舎は門下千人と言われたほどの最盛期であった。歌子の指導と教養は、当時の女流歌人の中では抜群だったらしい。彼女は、日本女性の最高の教養は和歌であると信じていたようである。いわば平安の昔からの伝統ということになろう。特に、上流家庭の子女にはその教養が必須であると考えていた。奈津も「士族」という良家の娘である。奈津の父・則義は八丁堀同心から東京府の官吏、市井掛社寺掛として勤務していた。

歌子の歌風・指導は題詠中心であった。題詠というのは、前もって題を設けて詠むものである。

つまり旧派の歌風ということになり、上品だが新鮮味には欠けよう。しかし門下千人の中には、梨本宮妃とか鍋島、前田侯夫人などがいて、奈津はなんとなく卑屈になったりしたらしい。題詠中心の歌風には、奈津はやや疑問を感じていたらしく、例えば「随感録」（明治二十五年十月頃か）には次のような記述がある。「宮城野《みやぎの》、わか草などと名づけてかひしるし置けど、誠はただ言葉をつらねたるのみにて、しのぶ草をふる屋の軒によそへ、わすれ草をすみよしの岸になげくなど、大かたはいひふるしたる口真似《まね》ぞかし。実景実情をよみてこそと、人ごとにいふめれど、その実景実情こそもとめて得がたかりけれ」。口では誰もが実景実情を詠むことこそが大事だと言いながら、実際には実景実情を見ることなく、与えられた題を想像の世界で詠んでいたのである。したがって、名取川の歌も想像上の作歌である。

ここに挙げた①〜⑤の短歌で目立つ語句がある。①「ぬれぎぬ」、②「なき名」、③「なき名」「ぬれ衣」、⑤「なき名」「ぬれ衣」。これらは五首の中でそれぞれ三度も使用されているということは、名取川を「なき名」「ぬれ衣」を出すために利用したのではないかということである。「なき名」は前述したが、「ぬれ衣」はもちろん濡れた着物で、転じて根も葉もない浮名や噂のことであり、さらには無実の罪をさえいう。「蓑《みの》」も着けずに雨に濡れるのは、「実《み》の」無きことによるという太田道灌の故事にかこつけたらしい。川に入れば着物は濡れるわけだが、それなら名取川でなくてもよい。しかしここでは、奈津＝一葉にとっては、名取川でなければならなかった。

一葉には針仕事を習った時期がある。教えたのは親類同様に付き合っていた松永政愛という人の妻。その家で渋谷三郎という東京専門学校（現・早大）の学生に遇う。一葉十三歳。明治の娘は「書生さん」に憧れたという時代である。一葉の父・則義も渋谷を一葉の配偶者として期待したようである。その則義が、警視属を退職した後、東京荷馬車運輸請負業組合を設立するが失敗、多大な負債を残して明治二十二年（一八八九）に病没する。婚約していた一葉と渋谷の仲は破談。十八歳の一葉には衝撃であったろう。一葉は歌子の萩の舎に内弟子として住み込み、家事を手伝いながら作歌の稽古を受けることになる。

萩の舎の姉弟子に田辺龍子《たつこ》（号花圃、後の三宅雪嶺夫人）がいた。彼女が小説『藪の鶯』を刊行して女流作家になったのに刺激されたらしい。それで、東京朝日新聞社小説記者の半井《なからい》桃水に近づく。桃水はいわゆる通俗作家で、名声も勢力もあったわけではない。おそらく、新聞を通して小説を売ってもらおうと思ったのかもしれない。だが桃水は一葉の未熟な小説を売れなかったであろう。代わりに時々金を恵んでいる。こうした関係が続き、一葉が桃水の妾ではないかという噂になるのである。男が女に金を渡すという関係は、当時男女の仲になっていると考えられたらしい。こうしたことがらが名取川の歌に関わるのである。①の場合、「おもふ心もまだかけなくに」（思う心をまだ書けなくに）とあるように、自分の気持ちを書いてもいないのに「ぬれぎぬ」を着たと嘆く。③では、忠岑の和歌を踏まえ、名取川の呼名が苦しいのは、身に覚えのない噂、即ち濡れ衣を他人に着せてしまったからだと。つまり一葉も同じように濡れ衣を着せられたと歌うのである。⑤では濡れ衣をこのままにしてはおけないと反発する。そうしないと名取川の名誉にも関わるのである……と、覚えのない噂を立てられた一葉の心が詠われるが、桃水に対しては恋情を抱いていたのであろう。①の「おもふ心もまだかけなくに」とは、思う恋情があるということであり、②では「なき名も恋のうちにぞありける」と、噂も恋のうちという。また④では、どんなに隠しても現れる時はあるのだ、と肯定する。

　ところで、一葉と半井桃水とは実際のところどんな関係だったのだろう。前述の田辺龍子は、「男との交際は沢山ありましたが、まあ皮肉評をする方が多くて、恋《ラブ》に落ちた事は遂に無かった様です。半井桃水さんとはよく往来がありました。そして半井半井とよく噂が口に上りました。私此間の晩に行つたら半井さんが臥《ね》てゐたとか何《ど》うとかで、私蒲団を最う一枚懸けてやつたとか何うとか、そんな事をずん〳〵話すのです。『貴方そんな事を滅多に話すものぢやありません。人に何とか言はれますよ』と申した事でしたが、誰にでも半井さんの噂をずん〳〵するものですから果して評判に上りました」（「女文豪が活動の面影」）という。長い引用になったがこの言を信じれば、やはり単なる「濡れ衣」だったと思われる。関係が出来ていたら秘密にするのが普通であろう。ここには一葉の、無邪気な、爛漫な一面も現れていよう。

　ただこのことは、作家や一葉研究家の間でも意見の分かれるところである。二人の間に、男女関係はないというのが久保田万太郎。関係ありとするのが瀬戸内寂聴、和田芳恵。

それはさておき、一葉の容姿は「さう美麗な、といふ程の人でもありませんでした」(田辺龍子・前記同)「極度の近眼ですから、こゞんで自分の膝ばかり見てをりました」「眼鏡かけてちやうだいよと申しましたけれども、厭だといつて、どうしても、眼鏡をかけないのでございます」(伊東夏子「わが友樋口一葉のこと」)と言われた女でもある。作家・大岡昇平は、「一葉には死ぬすぐ前にとった写真がある。修正されてかなりの美人にとれているから、これも一葉のロマンチックな名声に幾分貢献しているが、実際は色がすこし黒く、猫背で、近眼だったという。遊び馴れた桃水には食指が動かなかったらしい。無論一葉の気持は察していたのだが、こういう点では桃水はきちんとした人間で、生娘には手を出さなかったのである」(『日本の文学』中央公論社刊)と解説している。とすると一葉にとって「名取川」は、まさに「なき名」「取川」だったのであり、自分へ降りかかるあらぬ噂を晴らすための、絶好の川だったことになろう。

扱いかねる溢れた才能

——尾形亀之助

反《そむ》きたる若き命のさ迷ひに十字の路を知らずまがれり
（踏絵第三回短歌会詠草・大正八年五月二十九日・於仙台「波六」）

詩人として知られる尾形亀之助は、短歌・俳句も残している。この歌の詠まれた大正八年（一九一九）は亀之助十九歳。年譜上は十九歳だが、誕生日が十二月なのでこの時点ではまだ満で十八歳半。「反き」とあるが、何に叛《そむ》いたのであろうか。

十代の頃は自分の周りにとかく反発・反抗したくなるのは、誰もが経験するであろう。亀之助は叛いて彷徨《さまよ》い、十字路を知らずに曲がったと詠う。十字路に来て直進も知らず、右か左に曲がったのである。これを発表した大正八年は、東北学院中学校四年である。大正六年に明治学院から東北学院の三年に転入しているので、大正八年には五年になっていなければならないのだが……。どうやらこのあたりにも「反きたる若き命」の謎が隠れているのかも知れない。もしかすると、「十字の路」も、キリスト教主義学校で学ぶ亀之助は十字架を念頭に置いたとも考えられよう。そうなると亀之助の「反き」とは家庭・学業に叛いただけでなく、神の教えにも叛いたという自覚を窺わせる。というのも、母親のひさは聖公会基督教会会員であり、亀之助も幼児洗礼を受けているからである。この大正八年、亀之助は学友数名と短歌文芸誌を創刊している。誌名は「FUMIE（踏絵）」。誌名からして挑戦的な感じがしよう。幼児洗礼を受けた亀之助自身の挑戦的な意欲だったのだろうか。冒頭の短歌はこの「踏絵」歌会で詠まれたものである。実はこの詠草に先立つ三月発行第一輯の同誌に、

　　ぼんやりと父母に叛きし我なるをうらめしきほど知らぬふりする

という一首がある。どうやら父母への反逆が、「知らぬふりする」するうちに、迷路に彷徨うことになったのであろうか。

亀之助の短歌を読んでいてこの冒頭歌に惹かれたのは、まだ十八歳ながらその後の自分の人生を予知していたように感じたからである。たとえばこの「反き」は、翌年発表された次のような

短歌にも通じよう。

鯉ぬすむ投網をうちて密行の巡査に捕はる月明き夜
警察のドアーを開き罪人の心起りて面伏せし吾等
監房に入れられてさびし鍵の音うすくらがりに響きてゐたり
（「玄土《げんど》」十一月号　大正九年十一月発行）

「鯉ぬすみ」の題で十首掲載されているうちの三首だけ抜粋したが、亀之助一人の行為ではないものの当時こうした行動をしていたらしい。「十字の路を知らずまがれり」の一つである。ちなみにこれらを発表した「玄土」は原阿佐緒のために石原純が協力して作った雑誌といわれる。

亀之助はこの年、大正九年（一九二〇）三月、出席日数不足のため卒業が認められず退学するのである。亀之助は持病を抱えていた。喘息である。そのため十一歳の時には鎌倉へ転地療養をしていて、四ヶ月間休学もしていた。しかし年譜では、東北学院時代の出席日数不足が喘息によるものかどうかは分からない。秋元潔『評伝尾形亀之助』にはこんな記述がある。

「東北学院在学中の亀之助は、放蕩無頼の青春を送り、紅灯の巷を徘徊したと言われている。仙台の常盤丁遊郭にも出入りしたらしい。廓遊びはその昔から男の洒落心を磨いた。身なりはうわべのお洒落だが、遊芸ひと通りのたしなみがあり、相手を退屈させない面白可笑しい話題、当意即妙ツボを外さぬ会話のやりとりなどは洒落心、心のお洒落だ。亀之助の洒落心は仙台常盤丁仕込みではないだろうか。」

こうした素養が身についたことは、第二の妻・芳本優が述懐している。「彼は踊りの名手である。しかも、それは誰の真似にもならない、誰にも真似られない彼独特の妙技である。」といい、また「彼はたしかに剽軽者だ。」というのである（『尾形亀之助全集別冊』）。

それはともかく、これが亀之助の出席日数不足の原因だろうと思われている。喘息による病欠ならともかく、放蕩無頼、紅灯の巷徘徊、廓遊びが原因では擁護のしようがなさそうである。『東北学院百年史』・同「資料編」を捲ってみたが、それに関する記述は見出せない。私自身、ほぼ半世紀の間東北学院に勤務した身だが、亀之助退学への同情の余地はなさそうである。おそらくこれも「十字の路を知らずまがれり」の一つであったろう。

亀之助は明治三十三年（一九〇〇）、宮城県柴田郡大河原町に長男として生まれたが、尾形家は旧家で藩政時代から続く酒造家であった。尾形橋、尾形丁、尾形新田等の名称が残っているほどの、地元の発展興隆に尽くしたことで知られる。だからといおうか、祖父と父は無為遊行の趣味人だったらしい。俳句や書に親しんだようである。特に父親の十代之助《とよのすけ》は余十と号して高浜虚子に師事、ホトトギス雑詠欄の常連だったという。尾形家の墓碑銘を虚子が揮毫しているほどである。亀之助も句作しているのはそうした影響があったのであろう。こうした環境で育つとやはり反発・反抗心が湧くのであろうか、年下の太宰治もそうであったように。

亀之助は東北学院を退学した翌大正十年、福島の開業医の娘・森夕ケと結婚している。亀之助二十一歳、夕ケ十八歳。その夕ケの話が、『評伝尾形亀之助』に紹介されているが、富豪尾形家を象徴しているようで、面白いので挙げてみる。

「尾形の家に嫁いで金持ちとはこんなものかと思った。夕方になると、お勤めのようにつぎつぎ出かけて行く。まずおじいさんの安平さんが出かける。お父さんの十代之助さんが表玄関のところに手をついて『行ってらっしゃいまし』と送りだす。おじいさんの姿が見えなくなると、今度はお父さんの十代之助さんが内玄関から出かけて行く。次に亀之助が出かけて行く。玉突きとか、芸者遊びもしたのでしょう。灯ともし頃になると家にいられない。三人が順繰りに出かけて行く。朝になる。まず亀之助が帰ってくる。つぎにお父さんの十代之助さんが帰ってくる。最後においさんの安平さんが帰ってくると、先に帰ったお父さんの十代之助さんが表玄関のところに手をついて『お帰りなさいまし』と迎える。」

というのである。亀之助はこういう生活習慣の中で生長したことになる。これでは、放蕩無頼、紅灯の巷徘徊、廓遊びはごく自然に身についたことになろう。東北学院生徒としては「十字の路を」曲がったというあるまじき行為であっても、尾形家からすると家風の継承であったろうか。

亀之助は長男である。

曲がったということでは、タケとの間に一男一女をもうけていた二十七歳の頃、ある女性への思慕が昂じて、信州上諏訪に約二週間の旅行をしているが、その間にタケと二人の子供は転居している。ある女性とは、前著によれば、作家吉行エイスケの妻あぐりである。つまり、吉行淳之介・理恵作家兄妹、女優和子の母。タケの話では、「あぐりさんも奥様でした。毎晩飲んで帰っては、家まであぐりさんを引っぱってくるんです。あぐりさんを相手に夜明かしでお酒を飲んだり、口説いたりしてい」たという。だからタケは「もうこの人と一緒に暮してゆけないと思」うのは当然であろう。昭和三年（一九二八）タケと協議離婚をしている。その後、まるで「十字の路を知らずまが」ったことを正すかのように、その年の十二月、十七歳の詩人芳本優と同棲を始め、やがて妻として優は四人の子供を生んでいる。

冒頭の短歌を読み返す時、亀之助の直観に驚く。全集所載の短歌はほとんど十代に詠まれたものので、俳句は三十歳過ぎのものである。亀之助は詩人として知られているが、出発は歌詠みであった。ただ歌人になりたいと思ってはいなかったろう。亀之助は「踏絵」を踏むための試作をしていたのではなかろうか。つまり自分を踏絵代わりに踏んでいたのではなかろうか。亀之助が手を拡げた分野を年譜で追うと、歌→絵画→詩→小説→戯曲→評論→随想→映画→シナリオ→俳句……となろうか。つまりはそんな風に自分を踏み進めていった気がしてならない。いわばあえて、曲がりくねり続けたのである。実は尾形家そのものが莫大な負債を抱えていて、亀之助は仙台市役所の臨時雇員にさえなってしまう。月給三十三円。東京で生活していた頃、毎月八百円の仕送りを受けていた亀之助の、あまりの「曲がり」ようである。

宿痾の喘息に加え、痔疾、尿道結搾症、腎臓炎などを病み、仙台国分町の路傍に蹲っているところを同僚に運ばれたが、誰にもみとられずに息を引き取ったという。四十二歳。

若きナルシシスト

――堀口大学

堀口大学は短歌も数多く残している。というのも、十八歳の頃から歌作を始めているからである。歌集も『パンの笛』を始め三冊を発行している。全集の短歌には通し番号が付されていて、最後は一、一九六首目だから、ほぼ二、〇〇〇首の短歌を詠んでいることになる。これらの短歌に目を通していて、補遺集の一群に目を止めた。「新詩社詠草」「石榴花」「春暁集」「楯のかげ」「夢の歌」「歌（一）」「歌（二）」などの詞書のついたもので、年代的には明治四十二年（一九〇九）から大正七年（一九一八）頃のものである。大学は明治二十五年（一八九二）生まれだから、十七歳から二十六歳の頃までのもの。最初の歌集『パンの笛』が大正八年の発行だから、その前年までの一群ということになる。大学にとっては、歌集に収めない、習作の域に属した歌群ということになろうか。それだけに興味がそそられる。

それら一群の中で何度も頻出する語がある。「美くしき」という。一般に「うつくしい」と感じる対象は何だろうか。万葉集時代の感覚は別にしても、やはり自分を離れた対象に感じる美意識ではないだろうか。風景であり、花であり、そしてまた男から見た女の容姿などであろうか。もともと漢字の「美」とは、「羊」＋「大」、つまり羊がまるまると大きく成長した姿らしい。古代中国にとって、羊は美味な食料だったから、大きければ大きいほど好まれたであろう。「羊羹」と書かれる所以である。羊毛も貴重な衣類となる。したがって、丸々と太っていれば、雌雄に拘らない。それが人間に転化されて使用されたわけだから、男でも該当するものは「美人」と呼ばれたようである。現代なら、さしずめ大相撲力士はみな「美人」ということになろうか……。いささか話が逸れたけれど、大学の次の短歌はどうだろう。

たれか来てこの美くしき少年の心を吸へよ無花果に似る

なんと「美くしき少年」とは作者＝大学そのものである。自分を無花果《いちじく》に譬え、女性である「たれか」（誰か）に実を齧ってもらいたい。心を奪われたいという思春期の叫び。自らを「美くしき少年」と呼ぶことに驚く。作者が自分を美の対象として客観視しているのである。こうした歌は一首、二首にとどまらない。数首挙げてみよう。説明上、番号を付しておく。

①美くしく若き心はひと夏の磯の少女にあたへ来しかな（「楯のかげ」）
②美くしき少女を得たる美くしき少年ならで知らぬ悲しみ（同）
③美くしきこの少年のゆくところ夢をひろげて少女等の待つ（「夢の歌」）
④美くしき少年なればゆるされぬ君が心の柵《さく》をこゆべく（同）
⑤わが指は細く美くし逢はぬ日は指を眺めてなぐさめとする（同）

他にもあるがひとまず五首を挙げてみた。いずれも明治四十三年（一九一〇）、「スバル」に発表されたものである。

まずは、美しい少年となるといきおい③のように少女たちが夢を抱いて待ち受けることになる。美しさは容貌ばかりをいうわけではない。①では「心」が「美くしく若」いという。つまり「心」もまた美しいのである。その「心」の持ち主は作者で、その心を「磯の少女」に与えたと詠う。それは③の「少女ら」の一人であろうか。また最初に挙げた「たれか……」の歌での「たれか」とはこの少女だったのであろうか。海で出会ったか、はじめから二人で行った相手なのか分からないが、「美くしく若き心」を与えたという。その美しさはいささか強引にも響いてくる。美しいゆえに相手の心に侵入して、相手の心のガードを超えることも許されるのである。④

の「君」と①の少女と重なってこよう。その少女も美しい。「美しき少女を得た」「美しき少年」は、喜びに浸るかというとそうもいかない。「美しき少年」以外には理解できない悲しみがあると②では詠われる。「美しき少年」＝大学、である以上、どんな悲しみを大学は抱いたのであろうか。自分に存する悲しみなのか、あるいは少女が纏っている悲しみなのか。おそらくはそのせいで、逢えぬ日があるのであろう。そういう日は、自分の「細く美くし」い指を眺めて慰むと⑤で詠う。自分の容姿ばかりではなく、指もまた美しいと大学は詠う。

これほど自分を美化した結果どうなるだろうか。

DONJUAN《ドンファン》の絵像はやがて美くしき少年われの像なりしかな　（「歌（一）」）
父に告ぐ汝《な》が長男の大学はDONJUANの如今日も暮しつ　（同）
ああ父よ汝が長男の大学はあまり美くし孝子たるべく　（「歌（四）」）

この時十八歳の大学は、とうとう自分をドン・ファンと呼ぶことになってしまう。そのことを自分の実名入りで、父親に告げるのである。この時期、父親の九萬一《くまいち》は一等書記官としてスウェーデンで勤務していた。父親が外交官という職柄、オランダやブラジル等での滞在が多く、大学と一緒の生活があまり続いていない。その上、母親は大学が三歳の時病死、父親が不在のため三歳で喪主になっている。その後、父の郷里、新潟県長岡の祖母に育てられたが、その祖母も、大学が十八歳の時死去。父親はすでにベルギー人と再婚していた。こうした境遇で、大学は作歌活動に励んでいたことになる。ちなみに、大学という本名は、父親がまだ大学生であり、家の前が東大赤門だったことで名付けられたものである。

なお、ドン・ファンはドン・ジュアンともいい、伝説上の人物だが、スペインの劇作家、ティルソ＝デ＝モリーナ作「セビリアの色事師と石の招客」により定着したという人物。漁色放蕩の男である。女を次々と征服しては捨て、石像に復讐されるという戯曲。大学のこうした自画像は、幼くして母親と死別、父親不在という家庭環境の背景によって生まれてきたのではないだろうか。美しき少女に、母親の面影を探していたのであろうか。それが、「美くしき少年ならで知らぬ悲しみ」になっていたとも考えられる。

美くしき少女七人われを追ふにげまどへるに一年《ひととせ》は経ぬ　（「楯のかげ」）

とも詠う。七人の少女たちから追いかけられる光景は、まさにドン・ファンの姿というべきであろうか。

大正八年（一九一九）、二十七歳の時発行した歌集『パンの笛』に「少年の日」という連作があ

る。その中に、

ふところ手こころうつけてわが立てばかの二階より美男とわめく

「かの二階」とは遊郭を連想させる。その前の道路に、懐手《ふところで》をしたまま立っている大学。すると、二階から、よう、美男子！　と遊女たちの冷やかしの声が飛んでいる。懐手は俳句なら冬の季語だが、二階は窓を開け放っているのだろうから、ここはむしろ暖かい季節であろうか。それにしても、大学は美男なのであった。これではやはり、七人の少女に追いかけられるわけである。この「美」は大学にとっては免罪符のようにさえ使われる。例えば、

美くしき少年なれば思ふこと夢の多きもとがめ給ふな　（同前）

美しい少年の思いや夢を咎めるなと詠う。さらに、

美くしきものはすべてに超越すかく呼ばはりて君に身を投ぐ　（「楯のかげ」）
あやまちはすべて美くし人恋ふるわがあやまちは更に美くし　（「歌（二）」）

あやまちはすべて美しいと詠うのである。この時期の大学は、生きる基準を「美」に置いていたようにさえ思われる。
ただ、さすがにこの「美くしき少年」に反発するものもいたらしい。

美くしき少女等われをあざ笑ふその声に次ぎ秋の風吹く　（「楯のかげ」）
運命のきらびやかに酔へる身はDONJUANと呼び人にうとまる　（「歌（一）」）

嘲笑《あざわら》いされたり、疎《うと》まれたりしている。こうなると、思春期の繊細な心が揺らぐことになる。

美くしき少女の群に逢ひしかど心躍らずわれや死ぬらん　（「楯のかげ」）
美くしき心ぼこりか放逸の自覚かあはれ涙ながるる　（「歌（一）」）

美しい少女等に逢っても、また嘲笑されるかと思うとこれまでのようには心が躍らない。「死」が頭の中を巡り、「放逸」の自覚に目覚めて涙を流すのである。
いずれにしても、美しいという語を使用した短歌が実に多い。三歳で死に別れた母親への憧憬もさることながら、彼が新詩社発行の「スバル」を読み、明星派の短歌に魅かれたことも大きかったであろう。その新詩社に十七歳の時に入門している。ここで与謝野鉄幹・晶子夫妻の助言を得ながら、やがて詩作も始めている。そういうこともあり、歌集『パンの笛』の「序」は鉄幹が執筆、「序にかへて」として晶子が短歌二首を寄せている。

さすがに、この歌集になると「美くし」の語は、四〇一首中十三首程度に減っている。さらにこの後の歌集『男ごころ』では、ざっと見渡して一九二首中に見当たらないし、その後の『涙の念珠』にも見当たらない。もっとも、『涙の念珠』は、「与謝野寛先生の墓前に捧ぐ」とある四十五首のもので、内容柄「美くし」は不似合であろう。この他『場合の歌』という五九八首の歌集も編んでいるが、そこでは「美くし」の語は二首だけ見出した。ただその中の一首は他の使用例を引用したものである。

ところで、自ら「放逸の自覚」と詠ったように、放逸に耽り、DONJUANの如き生活を続けた大学は、四十歳の時、遠山英という女性と同棲、地上五十尺（約十五m）の高塔のある家に一戸を構えたことがある。だが、英とは二年後に別居している。その後、四十七歳で結婚した。相手は二十七歳年下のマサノという女性。母親の名前は政《まさ》だったから、発音上はそのマサにノがついただけである。偶然だったのだろうか。

石川啄木に好かれた男

——木下杢太郎

木下杢太郎は、東北帝国大学医学部教授として、大正十五年(一九二六)から昭和十二年(一九三七)に去るまで仙台に在住した。その間付属病院長にも就任している。本名太田正雄。文学事典などでは詩人、劇作家、小説家、美術家、キリシタン研究家、医学者と実に幅広く紹介されている。医師としては皮膚科が専門。ただ歌人という紹介はない。しかし東京帝国大学医学部医学科二年生時の明治四十一年(一九〇八)、森鷗外を訪ねていて、以後観潮楼歌会に出席するようになり、短歌も詠み始めている。観潮楼とは森鷗外の二階建ての書斎。書斎から海が眺められたという。

酒の座に敵《かたき》を打つと立ちしかど鼓にまけて舞ひのまねする

穏やかな歌ではない。酒の座で敵を打つというのである。

この歌の前書きには「明治四十二年一月九日、観潮楼歌会詠草拾遺」とあり、二首のうちの一首である。杢太郎二十四歳。もっともこれを詠んだ一月の時期はまだ本名の太田正雄である。この日の歌会について鴎外日記には「短詩会を催す」とはあるものの太田の名前は記されていないので、石川啄木日記を参照したい。「（前略）一時頃に太田君が赤い顔をして元気よく入つて来た。（中略）森先生の会だ。四時少しすぎに出かけた。門まで行つて与謝野氏と一緒、吉井君が一人来てゐた。やがて伊藤君、千樫君、初めての斎藤茂吉君、それから平野君、上田敏氏、おくれて太田君、――今日はパンの会もあつたのだ。（後略）」（筑摩『石川啄木全集』第六巻）。

与謝野氏は与謝野寛、以下吉井勇、伊藤左千夫、古泉千樫、斎藤茂吉、平野万里、上田敏の面々。太田すなわち杢太郎は一時頃啄木の住居に顔を出してからパンの会（北原白秋・高村光太郎・石井柏亭・杢太郎らの反自然主義的芸術運動）に出かけ、それから鴎外邸に来たことになる。この歌会では、啄木が十九点の最高点を得たが、太田の得点は記されていない。啄木は太田と気が合ったらしい。ということは太田も啄木を好んだようで、啄木の住居には何度も訪問している。太田は啄木より約半年年上。当時啄木は金田一京助の計らいで、本郷区森川町一番地の蓋平館別荘に金田一と共に下宿している。太田は生まれが静岡県の伊東町で、医学生時のこの時は白山御殿に住んでいた。

啄木日記によれば、啄木が太田と初めて会ったのは四十一年十月三日の観潮楼歌会の席上だが、一ヶ月後の十一月五日の日記には「六時頃、珍らしくも太田正雄君がやつて来た。九時半まで快談――然り、快談した。予は恐らく此の人と親しくなることであらう。／太田君の性格は、予と全く反対だと言ふことが出来ると思ふ。そして、此、矛盾に満ちた、常に放たれむとして放たれかねてゐる人の、深い煩悶と苦痛と不安とは、予をして深い興味を覚えしめた。――少くとも、今迄の予の友人中に類のなかつた人間だ。／大きくなくて、偉い人――若しかういふ人間がありうるとすれば、それは太田君の如きも其一人であらう。――少くとも予にとつては最も興味ある人間だ。――病的？　然り。然し乍ら、これは実に深い意味のある病的だ！」とある。これが互いに三度目の出会いだが、啄木は異常とも思える好意を杢太郎に寄せている。まさに「病的」とも思えるほどである。この好意は杢太郎も感じたであろうから、頻繁に啄木のもとに出入りしている。長々と引用したのだが、実は掲出歌の「敵」とは誰を指しているのか知りたいためである。杢太郎には日記が見当たらないので、杢太郎を好んだ啄木の日記に潜んでいないだろうかと思うからである。そしてこんな記述が目についた。吉井勇が訪れていた日のことである。「そこへ太田君が来た。（君は短剣を持ってゐる男だ）と吉井。（さうぢやないよ、僕は今なら、出せと言はれたら腹の底までさらけ出して見せる。短剣なんか持つてるもんか）と太田。予曰く、（其所だ。君はイザとなれば腹の底まで見せれるから外の者にや怖ろしいのだ。短剣を有つてる様に見えるのだ！）」（当用日記・四十二年一月十七日）。比喩として使われているとしても、短剣云々は穏やかな話ではない。短剣使用などは決闘を連想させるからである。そしてこれらの会話から推測すると、杢太郎と吉井勇との間に蟠《わだかま》りを感じてしまう。吉井勇といえば後に祇園歌人と言われたほど祇園に通じた歌人だが、この当時から恋多き人物だったようである。啄木と同年で、吉井も啄木の下宿先に頻繁に出入りしていた。その吉井を啄木は「何の事はなく、予は近頃吉井が憐れでならぬ。それは吉井現在の欠点——何の思想も確信もなく、漫然たる自惚と空想とだけあつて、そして時々現実暴露の痛手が疼く——それを自分自身に偽らうとして、所謂口先の思想を出鱈目に言つて快をとる（中略）兎に角吉井君の心境がイヤだ、可哀相だ。」（同前・四十一年十一月十三日）と記して厳しい見方を示している。こうした啄木の心境は、自分好みの杢太郎に通じていたに違いないと考えたい。そうした関係が、前述の短剣のやりとりになったのではなかろうか。とすると、歌中の「敵」とは杢太郎にとって吉井勇ではなかったろうか。

杢太郎には「うめ草」という題で三十数首の短歌を発表しているが、その中に、

たはけたる酒ほがひかな主《あるじ》めく吉井勇に一矢《いつし》くれむず

という一首がある。まさに吉井を狙っての歌である。『酒ほがひ』は吉井の第一歌集名（四十三・九発行）。その歌集に「たはけたる」と悪口を飛ばしているのだ。「たは（わ）け」は、みだらとかふざけるの意味。ところが、この歌集の口絵はなんと杢太郎の描いたものである。実はこの歌

は「吉井勇に與ふ」の一首で「うめ草」には他に三首が載っているのでそれらも記してみる。

汝たちに見すべき胸のいたでかはうみたるままに甲《よろひ》につつむ
酔ひ飽きて歌など歌ふなが胸は一斗の酒に足るとこそ見ゆれ
考ふることなく歌をよむ人は子生みては死ぬ女《をみな》に似たり

これらの歌は『酒ほがひ』発行前に詠われたものだが、酒ほがいの語を用いているということは、口絵を依頼された時点で杢太郎は歌集名を知っていたということであろう。それはともかく、「酔ひ飽きて…」の歌では、下の句で吉井の酒量を見下している感じがある。「一斗の酒」もあれば足りるんだな……とはいえ一斗は十升だから約十八《リットル》。しかしここは、李白一斗、詩百篇の類であろう。唐代の一斗は約六《リットル》だったらしい。それにしてもすごい量だが……。ただ、『木下杢太郎詩集』には「うめ草」の他に「吉井勇に與ふ」の見出しのもと六首があり、この歌の「一斗」が「半斗」とある。この量なら納得できようか。
ところでここでの「歌」は短歌なのであろうが、吉井の歌は思考に欠けている、と次の歌で指摘している。吉井の歌は、まるで出産しては死んでゆく女同様だというのである。かなり痛烈というべきだろうが、医学部学生だった杢太郎は、当時の出産後の女性たちの死亡率を肌で感じていたに違いない。それにしても、たらふく飲酒した後で歌作をするというのはやはり尋常ではあるまい。そうした吉井の振舞に、杢太郎は反発を感じていたのではなかろうか。同時に嫉妬めいた感情に揺らいでいたかもしれない。というのも、「うめ草」の中に、

酒の座に唄ふ術《すべ》知らぬ男《をとこ》さふらふ許させたまへ許させたまへ

という一首があるからである。この男は杢太郎自身であろう。自分は酒を飲んでも唄えないから許してくれというのである。もっともここでは「歌」ではなく「唄」。唄は俗謡であろうか。吉井がうたっていたのがそのどちらでもあったとすれば、杢太郎の胸中は益々穏やかではなかったはずである。掲出歌で杢太郎は「酒の座に敵を打つ」と立ち上がったのである。しかしその「打つ」は暴力的な行為ではなかったろう。半斗の酒で酔うとは情けない、酒で勝負してやろう、ということだったに違いない。ところが立ち上がった途端、鼓の響きに合わせて舞う振りをしてしまうのである。杢太郎の優しさではなかろうか。鼓を打っていたのは誰なのか気になるが、啄木日記には、彼等との諸方での飲酒記述の場面がしばしば見られるのである。

俳句一句の謎

菊と星に寄せる熱い思い
――宮沢賢治

菊を案じ
　星に見とるゝ
　　霜夜かな

手元にある『宮沢賢治全集』（ちくま文庫版）では、賢治の俳句として三十句だけ収録している。ただここに挙げた句は収録されていない。賢治には「装景手記」ノートというのがあり、その中に記されているものである。手記ノートに書かれていることを思えば、メモ程度に記したのかもしれず、編集者としては未確定ということであろう。それでも前記した俳句三十句には、このノートを出典とした句、十四句が収められているのである。が、掲出句は取り入れられていない。

私には完成句と思えるので、取り挙げてみたい。というのも、ノートの写真版を見ると、菊「を案じ火して」が菊「を案じ」と添削された鉛筆書きがある。つまり賢治が一度推敲を加えているのである。

この「装景手記」ノート（筑摩書房『宮沢賢治全集』十二巻上）には五十句前後もあるが、同じものや語句の重なりもあるので、それらを外せば四十句くらいに絞られようか。ここに挙げたのはそれら俳句群の一句で、掲げたような三行書きが多いが、一行書きも十句ほどある。解説者の注記・解説などを見ると、このノートは昭和五年（一九三〇）頃に作られたものらしい。賢治三十四歳だから亡くなる三年前。

賢治には八〇〇首を越える短歌もあり、それらは三行書き、四行書き、五行書きと変化に富んでいる。同じ岩手県出身で、十歳年上の石川啄木の三行書きが世に知られ、啄木の影響を受けたと言っている賢治が、俳句にも三行書きを持ち込んでいるのは偶然ではあるまい。この句では菊が詠まれているが、ノートの俳句を数えてみると、菊を詠んだ句が実に四十句以上もあり、ほとんど菊の句ということになる。どうやらそれは、昭和五年に菊花品評会の東北大会が花巻で開かれたことによるらしい。この時は花城小学校で開催されたが、秋には岩手県下の菊花品評会も花巻温泉で開かれている。盛岡高等農林学校（現・岩手大学農学部）農学科第二部（後の農芸化学科）を卒業して農業体験豊富な賢治は、この年園芸も始めてダリヤや菊造りをし、それぞれの品評会に出品もしている。品評会は翌年の六年にも花巻で開かれ、さらに翌七年には出品された花に短冊を下げ、その短冊を鑑賞したというのである。したがって、菊を詠んだ句の多いのは短冊に書きこむための句で、入賞花に吊るす短冊の句を頼まれたらしい。短歌群の中には、「東北菊花品評会」という詞書のもと、五首の短歌も見える。例えば、「黄金の雲」と頭書にあり、「はるかなる黄金の雲とながむれどなほかぐはしき花のひともと」と詠まれている。「黄金の雲」とは菊花に名づけられた名前であろう。そういう菊花に吊るす短冊の短歌を少なくとも五首は依頼されたことになり、その下書きらしい。結局は短冊に書くには至らず、下書きのまま終わったという。十三歳の頃から作歌を始めていて、校友会会報に発表するなど多作していた賢治には、短冊への歌作もさほど苦にならなかったであろう。

俳句の短冊も依頼されたことからすると、句作にも自信があったと思われる。ノートの頭書に東北大会とあるのは短冊へ書いたものであろうか。そのほか⦿や◎、○の付いたものもかなりあるが、実際に短冊に書かれたものかどうかは分からない。ここに挙げた句には何の印も付いていない。この菊も品評会に出品された菊ということになる。それが、賢治の造ったものか他人のものかは分からない。

菊といえば、私の生家は道路沿いにあり、垣根は桧葉の木なのだが、それと共に夏菊が植えられていた。夏になると子供の私より丈高く伸び、当時未舗装だった道路の土埃を浴びて、毅然として咲いていた光景を思い起こすのである。家庭を持ってからは、晩酌に菊の御浸しなどを食べたり、花びらをちぎって盃に浮かべて飲んだりしているが、夏菊を思い浮かべると違和感を感じるのである。また、菊を鑑賞するなどは田舎育ちの私の範疇外であった。この句は観賞用の菊。そういう菊を心配するのは当然。しかも自分が出展した菊なら尚更であろう。心配の種は霜夜だからである。霜夜は季語で冬。ということは春の大会ではない。昭和七年（一九三二）は十月に開かれている。東北花巻の十月は寒かったであろう。菊は一般に寒さには強い。寒菊と呼ばれる菊もある。小学生の頃に習った「庭の千草」を思い出すのである。遅れて咲く花として、〝露にたわむや菊の花／しもにおごるや菊の花〟という小節があった。調べると、里見義という人が明治十七年（一八八四）に作詞、曲はアイルランド民謡とある。寒さに強いとはいえ、霜に当たれば萎れ、変色してしまう。この句の夜は霜夜。無風晴天の夜、気温が氷点下になった時に水蒸気が昇華して出来るのだという。霜といっても、露霜《つゆじも》というのもある。露が凍って霜となるもの。水霜《みずしも》ともいい、賢治はこの語を使って、「水霜を／たもちて／菊の重さかな」など数句を詠んでいる。この夜、霜が降ったのかどうかは分からない。「霜ふらで／昴と菊と／夜半を／経ぬ」という句もあるからである。霜が降らなかったからこそ、露が凍って水霜になった夜だったのかもしれない。それでも星はきれいに見えたのであろう。賢治はその星に見惚《みと》れている。といっても無数の星があるわけだから、「見とるゝ」と詠むにはやはり特定の星ということになろうか。前出した句には「昴《すばる》」が詠まれていた。賢治ものとしては星の出てくる作品が知られている。童話「銀河鉄道の夜」がもっともポピュラーであろうが、いろいろの星を詠んだ「星めぐりの歌」という詩があるので掲げてみる。これは賢治による作曲もされている歌曲でもある。

あかいめだまのさそり
ひろげた鷲のつばさ
あをいめだまの小いぬ
ひかりのへびのとぐろ
オリオンは高くうたひ
つゆとしもとをおとす

アンドロメダのくもは
さかなのくちのかたち
大ぐまのあしをきたに
五つのばしたところ
小熊のひたひのうへは
そらのめぐりのめあて

これを見ると、第一連ではさそり、鷲、小いぬ、へび、オリオンが詠われ、最後の行が「つゆとしもとをおとす」とある。これらの星座が露と霜を落とすというのだから、この句ではこれらのどれかに見惚れ、霜の降るのを心配していたというのであろうか。第二連ではアンドロメダ、大ぐま、小熊が出てくる。これらを調べてみると、春の星座が大熊座、夏の星座が蛇座、鷲座、小熊座、蠍座、秋の星座がアンドロメダ座、冬の星座が小犬座、オリオン座とある。この句ではどの星を詠んだのであろうか。菊花品評会は十月に行われている。すると秋の星座ということになろうか。となると該当するのはアンドロメダ座ということになるのだが、霜夜とあるから冬の星座とも考えられようか……。

「星めぐりの歌」には詠われていないが、この句以外では、「狼星を／うかゞふ／菊の夜更／かな」「狼の星／市松屋根を／照らしけり」など星を詠んでいる句が五句ほどある。「昴」を詠んだのは一句だけでそれ以外は「狼星」「狼の星」である。ただ「狼星」も「狼の星」も辞書には見当たらないが、「天狼星」のことであろう。「天狼星」とは大犬座の主星シリウスの中国名なのだという。したがって天狼と書いてシリウスと仮名を振っている説明書もある。狼の目のように青白く輝き、光輝は全天随一なのだという。すると見惚れていたのはこの星だったのだろうか。しかし真冬の空に輝く星だというから、菊の品評会の時期とはずれている。とはいえ、十月の空でも見えるのであろうか。それにしても、前記したように「狼星」とか「狼の星」と詠まれていることを参照すると、やはりこの星はシリウス星なのかと気になるのである。

気になるといえば、短歌に詠まれている星も見過ごせない。例えば大正三年（一九一四）十八歳作、

げに馬鹿の／うぐひすならずや／蠍座に／いのりさへするいまごろなくは

大正五年（一九一六）二十歳作、

さそり座よ／むかしはさこそいのりしか／ふたゝびここにきらめかんとは

という歌に出会うと、にわかに蠍座の星が頭をもたげる。賢治は若い頃に蠍座に何かを祈っていたのである。蠍座が賢治の祈りの対象だったとすると、この句での星が蠍座だったとも思われるのだが、この星が夏の星座ということになると無理があろうか。星については全く分からない私の手に余るのである。

恋愛不能者だった探偵作家

——江戸川乱歩

私の小学生時代、「譚海《たんかい》」という少年雑誌があった。友達から借りて、農家暮らしで雑誌など買って貰えない私はすっかり夢中になり、初めて江戸川乱歩という作家の名前を覚えたのである。明智小五郎と小林少年が挑む「怪人二十面相」探偵物語……懐かしいその乱歩が俳句や短歌を詠んでいないだろうかと探していたところ、「同性愛文学史」という回想記の中に歌仙を見出した。これは「わが夢と真実」（昭和三十二年八月記）という、八十篇を収めた随想集の中の一篇である。本人がその中で「文反故の中に『衆道歌仙』という妙なものが混っていた。」という歌仙である。「文反故《ふみほご》」はフミホンゴとかフミホウゲともいい、用の済んだ手紙のことだから、手紙の中に残っていたことになる。歌仙というのは三十六句からなる俳諧の形式。和歌の三十六歌仙に因んだことによる。この歌仙は岩田準一との両吟である。岩田は同性愛研究者として、『南方熊楠全集』

にも引用されている人物。「衆道《しゅどう》」とは男色の道のことで、かげまとかにゃくどうとも呼ばれる。つまり、男子の同性愛。なんしょくともいう。この歌仙について乱歩は「その頃、芭蕉七部集から入って、古俳諧や古川柳に興味を持つた名残りである。」と言っているので、俳諧にはかなり親しんだらしい。それでも、「これまた甚しくブロークンで、もとより連句の体をなしていないが」「郷愁」があるという。ここでは三十六句中の第一句、すなわち乱歩の発句《ほっく》を挙げてみる。といっても連句の中の一句だけを挙げること自体無謀なことである。それを重々承知の上で俳句一句として取り上げてみたい。というのも、発句は独立性が高く、やがて正岡子規らによって俳句と呼ばれるようになった経緯があるからである。それはともかくこの歌仙の主題は、私としては尋常には思えない。というのも、男色の世界は是非の問題とは別に、想像できないのである。その意味ではここで取り上げても、的外れになるのではないかという気持ちにもなってしまう。

二〇一六年（平成二十八）六月十二日未明、アメリカフロリダ州で銃乱射事件があった。アメリカ史上最悪の乱射事件として報道され、死者が四十九人、負傷者五十三人。事件現場が同性愛者向けのナイトクラブであった。犯人は射殺されたが、同性愛を嫌悪していたイスラム教徒であった。同性愛に寛容な現代のアメリカでも、そうした事件が勃発したことに衝撃を受けた。

この連句は「敗戦後のドサクサまぎれに」「近代奇談」という雑誌に発表したものだという。敗戦の昭和二十年（一九四五）は乱歩五十一歳、岩田は七つ八つ年下とあるから、四十三、四歳ということになろう。アメリカの乱射事件の七十年も前の頃である。乱歩と準一が同性愛者だったわけではない。ただ乱歩は「わが夢と真実」の序に、同性愛への関心を持っていたと記しているが、岩田と共に興味を持ち、そうした研究ないしは関連諸書をたくさん読んでいたのである。したがって謎といえば、どうして乱歩が同性愛に興味を持つようになったのかということになるのかもしれない。こうした内容の連句については乱歩自身「これは法則もろくに分らぬいたずらで、みっともないものではあるが、衆道のみの連句というものは準乱両人の如き物好きでなくては、古往今来試みた人もないのではないかと思う。」と言っているほどである。「準乱」の準は岩田準一、乱は江戸川乱歩のこと。二人を「物好き」と認識している。こうした前置きで、まず最初の第一句（発句）を引用する次第である。

青葉して細うなられし若衆かな　　乱

青葉は夏の季語。若衆《わかしゅ》は男色を業とする若者のことであろう。暑い夏ともなれば、食欲もなくなってそれだけで細身になるものである。背景が青葉。絵に描いたような若衆がほっそりした姿で立っている。この発句を俳句一句として扱う時、私は「細うなられし」の「れ」の解釈で悩むのである。助動詞「る」の連用形だが、「る」には古語文法上、受身・尊敬・自発・可能の意味がある。自発として、夏痩せのため自然に細くなったとするのか、尊敬として、若衆を見た者が、細くなられたと若衆を敬う憧れの眼で眺めたのかということである。そうなるとやはり連句という形式で詠まれた以上、単独の解釈が困難であることに気づくのである。それでこの五七五の発句に付けた岩田の脇句七七に助けを求めたい。

夜な〳〵蛙きいて伽する　　準

と付けられている。「夜な〳〵《よなよな》」は毎晩。「伽《とぎ》」は相手をつとめることだから、若衆が自分を呼んだ男と男色の相手をすることであろう。「蛙《かわず》き（聞）いて」が難しい。私は農家生まれだから、子供の頃はいやというほど田圃で鳴く蛙の声を聞いて育っている。親達と一緒でも、夜床に入ってからの蛙の鳴き声はひときわ寂しかったことを覚えている。しかしこの句では寂しくなってはいけないであろう。蛙軍《いくさ》＝蛙合戦《がっせん》という言葉がある。たくさんの蛙が春の産卵期に水辺に集まり、雌雄が生殖行動をすることである。この句ではそれを差すのであろう。したがってその鳴き声は寂しい声であるはずがない。悲喜乱れての、あるいは雄同士の戦いの声、あるいは歓喜の声なのであろう。そうした蛙たちの声を聞きながら、夜な夜な男色の相手をつとめる若衆が疲労しないはずがない。つまりそのことで痩せるのである。とするとここでの「れ」は受身の意味かも知れない。身体を細く痩せさせられたのである……と解釈したい。蛙の産卵は春だが、その頃から青葉の夏まで夜な夜な相手をしたのでは、どんな若衆でも痩せ細るであろう。こうした内容を乱歩・準一の二人は交互に三十六句を詠んでいる。参考までに最後の三十六句目を挙げてみよう。最後の句（七七）を俳諧では挙句《あげく》（揚句）と呼ぶ。

たゞうたかたの若衆の春　　乱

と、乱歩は締めくくった。若衆の春は、うたかた（泡沫）だったというのだ。水に浮かぶ泡のように儚いものだと結んだところに、私は乱歩の男色への考えが語られていると思いたい。つまり興味はあっても、若衆にとっては儚いものだから儚さを与えることは控える……。

ところで、こんな風に男色への関心が強かった乱歩だが、何が原因なのだろうかと疑問が湧く。随想の一つに「恋愛不能者」がある。そこで「私はある意味において恋愛不能者であった。」と書き出している。それは「幼少時代より、社会によって、性器ならびに性行為を醜悪なるものと教え込まれて来た。」ことによるという。「最も醜悪なるものを排泄する個所にして、かつそれ自身醜悪見るに堪えざるものの如く教えこまれた個所よりして生れ来ったわれわれは」「極度に羞恥し、赤面し、生れて初めて嘔吐の如き深刻なる劣等感に襲われる」からだという。だからといって、それが男色への興味に繋がるというのも理解しがたい。乱歩は明治二十七年（一八九四）、三重県名張町に生まれ、学歴は二十二歳で早稲田大学の経済学科を卒業している。その間に、男色との関わりがあったのかどうか、年譜からは窺えない。しかも、三年後に二十五歳で結婚している。

乱歩は恋愛不能者ではあっても、結婚し、子供もいる。この辺りの事情については、随想「妻のこと」を参照したい。相手の女性は村山隆子という。「文通がはじまり、まあラブレターのやり取りをした」が「私は恋愛と結婚を別物に考えていた。」という。「結婚を予想する恋愛ではないため、「手紙は書いても、ほとんど会わなかったし、接吻はもちろん、握手一つしたことも」なかったのである。ラブレターは書いても独身主義者であった。ところが、乱歩と結婚できるものと思っていた隆子が、乱歩が料理屋などに借金をして行方不明となったため「気病やみが昂《こう》じて」「瀕死の病気」に罹ったと聞き、乱歩は「独身主義をなげうつ決心」をし、「求婚の手紙を出し」たのであった。独身主義の考えの底には「男子なすあらんとするものは、妻などめとらず、生涯その仕事を妻とすべきである」という中学時代の教師の言葉がこびりついていたらしい。しかも、夫婦喧嘩をたくさん見ていたこともあり、「夫婦というものは実に嫌悪すべき状態だと思い込んでいた。」のである。だが、「私が固い独身主義を前提にしたラブレターを書かなかったのがいけなかった」と反省してもいる。

同性愛とまではいかないが、「勘三郎に惚れた話」という随想もある。勘三郎が十六、十七歳頃に演じた少女役に夢中になり、「これが本当の女なら、真実惚れられる」と言っているので、やはり男色は無理だったであろう。

恋を語る魚

――佐藤春夫

恋語る
魚もあるべし
春の海

恋を語る魚もいるに違いないという。佐藤春夫の俳句だが、ことさら謎めいている句でもない。佐藤春夫といえば、谷崎潤一郎前夫人、千代との恋・結婚がよく知られている。しかも、その結婚に至るまで、ある女性へのプラトニック・ラブを経た後、二人の女優との同棲を繰り返し、そしてある女性との結婚・離婚もしている。いわば、恋多き詩人・作家である。と記してしまうと、この句はいかにも春夫の句ということになろうか。魚の世界にまで恋を持ち込んだのである。そのためには、万物が萌え始める春の季節でなければならない。海の中もまた恋の季節を迎えたということであろう。

実は「春」には特別の意味が籠められていると思われる。

というのは、佐藤春夫は明治二十五年（一八九二）四月九日生まれ。正岡子規に私淑していたという父の豊太郎は、生まれた季節をそのままに「春夫」と命名して、「よく笑へどちら向いても春の山」とこの長男を祝ったというのである。どうやら、生まれながらにして萌える心に染まっていたのではないだろうか。

この句の出典は『能火野人十七音詩抄』という句集である。東京オリンピックの開かれた昭和三十九年（一九六四）刊行なので、春夫七十二歳。発行日が四月九日で、奥付には「春之日記念出版」とある。自分の誕生日に合わせたものである。ほかにも、『佐藤春夫全集』（第二巻・臨川書店）がやはり四月九日発行。春夫はよほど自分の誕生日に執着していた。例えば「自祝誕生日」の詞書で、「生れ得て　われ／春の日の／主となる」という句を作っているほどで、自分で自分の誕生日を祝うのである。そればかりではなく、例年門下生たちがその誕生日を祝福する「春の日の会」もあった。それはさておき、この句集は、能火野人という人の句集である。にもかかわらず、春夫の誕生日出版。句集に「能火野人十七音詩抄叙」というやや長い序文があるが、ところどころ抜き書きしてみる。「能火野人はその号の示すが如く南紀熊野の人、余とは同郷同庚にして莫逆の交あり。」と書き出されている。「同庚《どうこう》」は同年齢、「莫逆《ばくぎやく》」は親密な間柄。春夫は和歌山県東牟婁《むろ》郡新宮町（現・新宮市）生まれだから、すなわち南紀熊野、同郷ということになる。するとここに春夫の悪戯心《いたずらごころ》が働いているのが分かる。「熊」を分解すると能＋火。四つの点（､）は、部首名でいえば、レッカとかレンガというがヨッテンなどとも呼び、火のことである。この「火」は文字の脚になる場合、多くは四つの点になるのである。漢和辞典によれば、「能＋火」は肥えて脂肪ののったクマの肉がよく燃えることだという。「熊熊《ゆうゆう》」という熟語は火が盛んに燃える様子。ということに気付くと、「能火野人」とは「熊野人」ということになる。さてこの能火野人すなわち熊野人がある日ひょっこりと「一束の艸稿」（草稿）を持って春夫を訪問、三十歳以後に放吟した俳句が二百句に及ぶので、「取捨と編纂併びに叙文」を依頼する。これらを見た春夫は「詩に非ず、歌に非ず、句に非ず、語に非ず。」と相手に言い、「天明調、明治調、新傾向に似たるものなど」玉石混淆、これを読むものは憫笑《びんしよう》するだろうと言いながらも、親友のよしみで承諾する。すると、「野人は既にその姿を留めず。蓋し彼に隠れ蓑あるにあらず。或は秘法ありて、わが影のなかに溶け入りしやも知るべからず。」とあるように忽然と姿を消すのである。要するに、能火野人とは存在せず、「わが影のなかに溶け入りし」とある通り、春夫自身ということになる。したがって前記したように、この句集を自分の誕生日に発行したのである。序文の最後に、「一九六四年窓外に紅梅の数輪残るころ／佐藤春夫　誌す」と署名されている。つまり春夫の遊び心による句集ということになろうか。実は、春夫全集の中に、それまでの未収録詩篇があり、その中の一篇「北海道の秋」の最初の一行が「能火野人　一週間の閑を偸み」とある。詩の末尾に、（昭和三八・一一・三『朝日新聞』ＰＲ版）とあるので、句集出版前に能火野人の号を使用していたのである。私もその遊び心で、「能火野人」をノビノビトと読んでみた。すなわち春夫は、自由自在に「のびのびと」奔放に句作したということである……。

句集の序文から推察すると、春夫は三十歳過ぎから句作を始めたらしい。彼は十代の頃は歌作をしている。十六歳の時、その短歌が地元の新聞に掲載されたり、石川啄木選により「明星」に載ったりもしている。翌年には「スバル」にも掲載され、同時に詩作も始めている。多才だったのである。

掲出句はいつごろ詠んだものか分からない。『能火野人十七音詩抄』収録の句の解説によれば、句作時期はばらばらである。この句については触れられていない。一つ二つを除いては、いずれも三行書きである。啄木の三行書き短歌に倣ったとも考えられるが、序文の「詩に非ず、歌に非ず、句に非ず、語に非ず。」を意識してのことであろう。大きく、春夏秋冬の部に分かれ、この句は春の部にある四十四句の一句。合計で一五八句。

それにしても、魚が恋を語るという発想が面白い。春夫の生家新宮市の舟町は、熊野川（新宮川とも呼ぶ）河畔といってもよさそうで、熊野詣の舟が往来したようである。その川は熊野灘に注ぐわけだが、春夫はその海を見馴れて育ったことになろう。「望郷五月歌」という詩で「空青し山青し海青し」「海の原《わだ》見迥《はらみはる》かさんと」と詠い、また「少年の日」では、「野ゆき山ゆき海辺ゆき」と詠い、「海の若者」では「若者は海で生まれた。」と詠っている。春夫と海はごく身近なものだったろうし、それは同時に魚とも繋がることになろう。そこで、詩や短歌の中に魚を詠んだものがないか繙《ひもと》いてみた。短歌には見つからないが、有名な「秋刀魚の歌」という詩がある。が、焼き魚では恋を語れない。ただ、未収録詩篇の中に興味深い詩を見出した。題も「春の日のうた」。その終わりの二行、「かなた煙れる波かげにして人こそ知らね／鰐鮫《わにさめ》のむつがたりすとぞ聞くなる」に注目したい。「むつがたり」とは男女の閨《ねや》での語らい。鰐鮫とは獰猛な鮫の俗称。獰猛な鮫がむつがたり（睦語り）をするという。「聞くなる」とある通り、これは伝聞である。この二行に自註があり、与謝野晶子の歌「春の海いま遠《をち》かたの波かげにむつがたりする鰐鮫《わにざめ》おもふ」（『舞姫』）に因ったものだという。とすると、鰐鮫の恋を、句では魚の恋としたのではないだろうか。ひょっとすると、晶子のこの歌は春夫を詠ったのではないかとも思うのである。春夫は自記年譜に記しているが「放縦にして不良生徒として」中学時代を送っている。ある談話により無期停学、同盟休校により無期停学。短歌は発表し続けていたので、与謝野鉄幹夫妻と知り合っているし、後に『晶子曼荼羅』を刊行しているほどである。したがって、晶子もまた春夫の生きざまを耳にしていたであろう。伊藤整が「大柄な身体、鼻が大きく、口も大きく中高の顔であった。顎がその顔の割に引っ込んでいたので、横から見ると大きな鷲か何か猛鳥の姿を思わせた。」と春夫の風貌を描写しているが、晶子は春夫を熊野灘の鰐鮫に譬えたと考えてもおかしくない。そしてこの歌にもある「春の海」が句にも詠まれているのも有力なヒントになる。

「魚」についてはもう一つ気になるものに触れたい。

佐藤春夫には漢詩の訳詩集も二つある。とりわけ知られているのは『車塵集』。これは四十数篇を収録した訳詩集だが、原詩の作者は女性たちであり、その過半は娼家の女たちである。その中の一人が晩唐期の魚玄機《ぎよげんき》。その原詩と春夫の訳詩「秋ふかくして」を抜き書きしてみる。

秋ふかくして

自嘆多情是足愁　わかきなやみに得も堪えで
況当風月満庭秋　わがなかなかに頼むかな
洞房偏与更声近　今はた秋もふけまさる
夜夜燈前欲白頭　夜ごとの閨に白みゆく髪

自分の多情の堪えがたいのを嘆いて、白髪になりたいと願う心情。なお『車塵集』では採り上げていないが、魚玄機の他の詩も挙げてみる。

送別

秦樓幾夜愜心期
不料仙郎有別離
睡覚莫言雲去處
残燈一醆野蛾飛

秦楼幾夜《しんろういくよ》心に愜《かな》いて期せし
料《はか》らざりき　仙郎《せんろう》と別離有らんとは
睡覚《すいかく》　言う莫《なか》れ　雲去る処《ところ》
残燈一醆《ざんとういっさん》　野蛾《やが》飛ぶ

（野口一雄『中国古典詩聚花』）

この詩を、女性の研究家・花崎采琰《はなざきさいえん》が、

しんの　うてなに　いくよかさねた　むつごと
おもいがけない　きみとの　わかれ
ゆめさめて　くものゆくえ　とうまい
のこりびの　こざらに　ちょうがまいくるう

（『中国の女詩人』）

と、春夫流に詩で訳している。「きみ」と「むつごと」を幾夜も重ね、別れの切なさに蝶のように「舞い狂う」作者魚玄機。

彼女は遊郭に生まれ、五、六歳の頃から白楽天や玄稹の詩を誦《うた》い、十三歳時には七言絶句を作っている。いわば、幼少時からの才女。早熟で溌剌として、しかも美貌の芸妓だったらしい。男が放っておくはずがない。

李億という官吏が熱心に妓楼へ通う。この高級官吏には本妻がおり、やがて郷里に帰ってしまう。その時作ったのがこの「送別」。魚玄機はつらさのあまり故郷の長安へ戻る。ここで次の恋人ができる。或る日、召使がその恋人と通じたのではないかと疑った魚玄機は召使いを責め、笞《むちう》って殺してしまう。それが発覚して死刑に処せられる。時に二十七歳ぐらいか。

春夫もこの魚玄機の詩に思いを寄せたであろうと考えたい。すなわち恋を語る「魚」とは魚玄機の「魚」ではなかったろうか、というのがもう一つなのである。

森鴎外の短編に評伝とでもいうべき「魚玄機」があるので、参照した次第である。

蛍に寄せる繊細な心情
——斎藤茂吉

幻住庵
くさむらに蛍のしづむかなしさよ　　茂吉

これは佐藤佐太郎宛書簡、昭和八年八月九日付絵葉書にある句で、幻住庵という詞書がついている。昭和八年（一九三三）は斎藤茂吉五十一歳。佐藤佐太郎は宮城県大河原町出身だが、幼少期に茨城県平潟町に移住して平潟尋常高等小学校卒業後兄を頼って上京、岩波書店に入社した翌年の大正十五年（一九二六）十七歳でアララギ会に入会してから、斎藤茂吉に師事していた。当時二十四歳。『斎藤茂吉全集』（岩波書店）には四十九句の俳句が収載されているが、佐太郎宛には三日後にもう一句「受持をお歌さんとぞ申しける（無季俳句也、茂吉）」が送られている。これには「嵯峨澤旅館」という詞書があるので、旅館で自分の受持《うけもち》（担当）だった仲居さんの名前を詠んだに違いない。単なる報告調の句だが、和歌の世界に生きる自分の前に、その名もお歌という仲居が現れたため興味を持ったのであろう。しかも係り結びで強調したところに茂吉の遊び心、剽軽さを感じるが、それにしても、和歌で自分に師事している佐太郎に俳句を送るというのは茂吉の遊び心であろうか。

詞書の幻住庵は松尾芭蕉の俳文「幻住庵記」で知られている滋賀県大津市国分にある小庵である。これは芭蕉の門人菅沼曲水の伯父幻住老人（菅沼修理定知・法名は幻住宗仁居士）が結んだ草庵で、その没後曲水が手直ししたものという。近津尾神社の境内にあり、曲水が芭蕉に提供したことで、芭蕉は元禄三年（一六九〇）四月から八月中旬頃まで滞在、その間の生活や感懐を記したものが「幻住庵記」である。「おくのほそ道」の旅を終えた翌年である。ただこの「幻住庵記」は四種ほどある。定稿といわれる『猿蓑』所載から若干引いてみる。「住捨《すみすて》し草の戸有《あり》。よもぎ・根笹軒をかこみ、屋ねもり壁落《おち》て、狐狸ふしどを得たり。幻住菴と云《いふ》。」（誰も住まない草ぶきの小屋がある。小屋の周りは蓬や笹竹が繁り、屋根からは水が漏れ、壁は剥げ落ちて狐や狸の住処となっている。それが幻住庵。）「軒端《のきば》茨《ふき》あらため、垣ね結添《ゆひそへ》などして、卯月《うづき》の初《はじめ》いとかりそめに入《いり》し山の、やがて出《いで》じとさへおもひそみぬ。」（軒などを葺き替え、垣根を新たに結わえたりして、四月初めほんの短い間だけのつもりでこの国分山に入ったが、そのまま住み込んで山から下りまいとさえ思い始めた。）（原文『芭蕉全集』富士見書房）。なお、「幻住菴」と名づけたのは筑紫《つくし》高良《かうら》山の僧上（三井寺の寂源僧上）とある。

いささか俳文の引用が長くなったが、茂吉がこの幻住庵を訪れたのが八月。茂吉は比叡山上宿院での第八回アララギ安居会に参会するため、七月末日土屋文明、柴生田稔等と出京したが、帰途に幻住庵址に寄ったのである。また、柴生田稔と伊豆嵯峨澤温泉に行っているので、既述したようにそこからも佐太郎に一句を送ったことになる。

ところで茂吉の第十歌集『白桃』は昭和十七年（一九四二）に刊行されているが、その中に、昭和八年作として「幻住庵址／八月八日比叡山をくだる。藤田清ぬしの案内にて同人等芭蕉の幻住庵址を訪ふ」の詞書のもと、十首の和歌が詠まれている。その中に蛍を四首詠んでいるので挙げてみたい。

瀬田川の川べり来つつ相ともに蛍ほろびむこと語りけり
草むらに蛍のしづむ宵《よひ》やみを時《とき》のま吾は歩みとどめつ
山がひの空ひくく飛ぶ蛍あり蛍のゆくへ見ればかなしも
あはれなる光はなちてゆく蛍ここのはざまを下《くだ》りゆくべし

これを見ると、二首目の「草むらに蛍のしづむ」の「草」をひらがなに変えて俳句にし、それを佐太郎に送ったことが窺える。この和歌を送らないで、しづむ蛍を「かなしさよ」として俳句にして送ったのである。幻住庵に来たことで、和歌ではなく芭蕉に倣い、俳句を詠んで送ったのであろうか。ともあれ、茂吉は蛍を見たのである。

芭蕉は幻住庵から眺める景色の素晴らしさをいろいろと記述しているが、その中に「蛍飛《ほたるとび》かふ夕闇の空」とあり、瀬田川畔の蛍を見ていたのであろう。茂吉は和歌・俳句両方に蛍を詠んだが、芭蕉もまた蛍を見ていたのである。

私の生家のすぐ側に、幅一m前後の小川が流れていた。一部は屋敷内を蛇行していて、子供の頃はその流れで洗顔したり風呂水に使用していたものである。その流れに沿って、夏になると鬼《おに》蜻蜓《やんま》もさることながら蛍もずいぶんと発生していた。だから私の頭には蛍と小川は切り離せない。幻住庵からの眺めに、「橋有《あり》」とあるが勢田（瀬田）の唐橋らしい。勢田の長橋ともいわれ、ずいぶん長い橋が古来から要衝として利用されたようである。また、「たま〳〵心まめなる時は、谷の清水を汲《くみ》て自ら炊《かし》ぐ。」ともあるので、幻住庵の付近の谷間には湧き水もあったらしい。すると、その辺りを蛍が飛んでいたとも思われる。それらの蛍を芭蕉はどんな風に見たであろうか。さいわい勢田の蛍を詠んだ句があるので掲げてみる。

木曽路のたびをおもひ立て大津にとゞまる比《ころ》、先《まづ》せたの蛍を見に出て

此ほたる田ごとの月にくらべみん

とあり、更に、

勢田の蛍見

ほたる見や船頭酔ておぼつかな

(『芭蕉句集』朝日新聞社)

とある。共に詞書にある通り、瀬田の蛍を見たのである。初めの句は、田毎《たごと》の月と比較したいというほどの光を放っている明るい光景ということになろう。田毎の月というのは、長野県更級《さらしな》郡冠《かむり》着山《きやま》山腹にある小さく段々に区切った水田一つ一つに映る月のこと。だが、農家育ちの私としては、長野県に限らず、家の前の水田一枚一枚に月の映るのを何度となく見ている。農家育ちなら誰でも見ていよう。ただ古典でいう田毎の月は固有名詞といってよいのである。それはともかく、蛍の群舞が連想されよう。二つ目の句は、船で蛍見をしている光景。それほど瀬田の蛍は人気があり、評判になっていたのであろう。ただ船頭が酒に酔って櫂捌《かいさば》きがおぼつかないという不安が漂っているが、楽しい光景が連想されよう。いずれにしても、蛍が群舞、周囲は夜にもかかわらず明るい風景である。

一方茂吉の歌にあるように、茂吉一行は瀬田川の畔を歩いたのだが、歩きながら瀬田川の畔の蛍も滅びたらしいと話し合っている。その時ふっと茂吉は草むらに沈む蛍に気づいたのだ。その蛍であろうか、元気なさそうに山間《やまあい》を低く飛び、その勢いのない光の明滅の行方を哀しく見守っている。滅び去ってゆく最後の蛍のように…。見ている時刻が芭蕉とずれてはいようが、二人の見た光景にはかなりの隔たりがあるように感じる。

つまり、茂吉の見た蛍は、「草むらにしづむ蛍」であり、「山がひ（山峡・山と山との間）の空ひくく飛ぶ蛍」であり、「あはれなる光はなちてゆく蛍」である。芭蕉が見た、月のように光を放つ群舞する蛍ではない。したがって、「蛍のゆくへ見ればかなしも」と詠わざるを得なくなっている。とすると、佐太郎宛書簡にも、やはり沈む蛍を句にするしかなかったことになろう。芭蕉との二五〇年ほどの隔たりの中に、蛍の変遷を痛切に感じたに違いない。茂吉この時五十一歳。芭蕉が幻住庵に住んだ元禄三年は四十七歳頃と思われる。年齢差は四、五歳。茂吉よりも若い齢で幻住庵に一時隠棲した芭蕉だが、庵からの風景には「美景物《びけいもの》として足《た》らずと云ふ事なし。」と書くほど満足しているし、「花鳥に情《じやう》を労《らう》して」「終《つひ》に無能無才にして此の一筋《ひとすぢ》につながる。」と有名な言葉・心境に辿り着いている。道を極めた芭蕉だからこその言葉であろうが、茂吉は芭蕉が満足した美景に会えなかったのである。それが佐太郎宛の句に、「かなしさよ」という主情語を加えることになったのではないだろうか。

俳句ではないが、蛍を詠んだ茂吉作品としてはやはりふだん絶唱と思っている短歌も挙げたい。

草づたふ朝の蛍よみじかかるわれのいのちを死なしむなゆめ　（『あらたま』）

大正二年（一九一三）、母が逝去した時の「死にたまふ母」はよく知られた連作だが、この歌は「朝の蛍」という連作の一首で翌大正三年作。母の死を引きずっているようにも思えるが、この歌について「夜光る蛍とは別様にやはりあわれなものである」（『作歌四十年』）という。草間にいる蛍のあわれさ・かなしさがこの当時から茂吉の頭に刻まれていたことになろう。まして芭蕉が見た群舞する蛍とは及びもつかない「草むらにしづむ蛍」を、幻住庵址で見たのである。

虫と小鳥を愛した作家

——志賀直哉

志賀直哉の全集中、随想や雑纂を繙いていると、「短唱三つ」の中に四行詩一詩と俳句二句を見出したので、俳句二句のうち一句を挙げてみる。

時雨《しぐれ》して山鳩藪に飛入りぬ

時雨は秋の末から冬の初め頃に、降ったり止んだりする気まぐれな雨で冬の季語である。この時はふいに降り出したものか、山鳩が驚いて藪に飛び込んでいる。山鳩は家鳩の対で、山に住む鳩だが、キジバトとかアオバトとも呼ぶようである。一読していかにも素直な、時系列で眺めた外連味《けれんみ》のない表現を感じる。それだけに謎は感じられないけれど……。

この句は昭和八年（一九三三）一月一日発行の「文藝春秋」第十一巻第一号にある「新撰いろはかるた」の「し」の札として発表されたものである。宮城県立図書館にはこの雑誌は収蔵されておらず、国立国会図書館からコピーを取り寄せてみた。武者小路実篤や菊池寛・高浜虚子などのもあるが、虚子のでさえ俳句ではなく、いわゆる教訓調・諺調のもの。直哉五十歳だが、俳句としてのかるたとは実に珍しい。ところで目前の光景を詠んだとすれば、山鳩のいる地域に直哉がいたということになろうか。私は岩手の片田舎育ちだが、家の裏が山だったせいで山鳩の姿は珍しくなかった。特に、子供の頃一人で留守番をしている時に鳴かれると、ひどく寂しさが倍増したものである。現在は仙台の泉区にある団地住まいだが、目の前が山に囲まれた寺の境内一帯のせいか、やはり多い。デデッポッポーと鳴く。

この句を詠んだ日は分からないが、当時直哉は奈良に住んでいた。昭和四年（一九二九）二月に父親が死去すると、四月に奈良市幸町から同市上高畑に新築した家に移っているので、この奈良で見かけた山鳩ということになろう。その頃、舟木重雄・山川清と三人だけで句会をしていたらしい。この句はその第一回の時に出したものだというが、それを舟木が「山鳩の藪に飛びこむひと時雨」と添削したが、直哉は「僕は気に入らなかった。」と言ったという（桜井勝美『志賀直哉随聞記』）。おそらく、昭和七年頃の作ではないかと思い、日記を探したが、全集には六年の次には八年の日記が続き、七年の日記はないのである。しかも著作年表を見ると、七年だけは著作もない。年表には、この年四十九歳の直哉に大事件が起こったとの記述も見当たらない。ということで、私には俳句以上の謎でもある。句会をしている以上、他にもたくさん句作していたであろうが、見つけられずにいる……。

ただ、詠まれた対象は鳥とか虫類かと想像される。直哉の自然を見つめる態度の一つの表れではなかろうかと思いたい。例えば「短唱三つ」の中のもう一句は「虫の音《ね》に眠り、小鳥の声に覚《さ》む」（昭和十年頃作）で、「小鳥」と詠い、さらに虫の音も詠んでいる。ついでに四行詩も挙げてみよう。

月のある日ぐれ
青鷺《あおさぎ》が四五羽
巨椋池《おぐらのいけ》の蓮の上を
低く飛び舞ふ

（大正十五年〈一九二六〉『志賀直哉集』扉墨書）

この詩では青鷺が主人公として、月や巨椋池の蓮を背景に詠われている。こうした自然への眼が、人間を見つめる根底になっていたのではないかとさえ思えてくる。そもそも直哉は虫や鳥類が好みだったらしい。

直哉は明治十六年（一八八三）、宮城県牡鹿郡石巻町に生まれている。といっても翌々年の十八年には東京に移住しているので、本人の言葉によれば「石巻には三つまでしかゐ」（「稲村雑談」）なかったのである。この頃に虫や鳥に馴染んだとは思えない。この句を詠んだ当時は既述したように奈良に住んでいたが、ほぼ十年後の昭和十三年（一九三八）に東京淀橋区へ転居、さらに十五年（一九四〇）世田谷区に移転した。直哉五十七歳。その年の八月「虫と鳥」を「婦人公論」に随筆扱いで発表している。その一節に「虫や小鳥の多い事が大変私を楽しませる。」とある。世田谷新町を気に入ったのである。登場するのは蟇蛙《ひきがえる》や蟷螂《かまきり》、小鳥では小綬鶏《こじゅけい》、百舌《もず》、頰白《ほおじろ》など。また、二十三年には熱海市稲村に転居して二年後の昭和二十五年（一九五〇）、六十七歳の時になるが、短編「山鳩」を発表している。四〇〇字詰め原稿用紙で四枚程度の掌編小説である。志賀門下の阿川弘之はこの作品を「戦後日本文学の最高傑作の一つと思ってゐる者の一人である」（『志賀直哉』下）というほどの作品である。ここでの山鳩は当然奈良ではなく熱海の山鳩。作品の冒頭で「山鳩《やまばと》は姿も好きだが、あの間のぬけた太い啼《な》き声《ごえ》も好きだ。」と志賀は言う。福田蘭童という音楽家がいた。私の少年時代、ラジオ番組「笛吹童子」の曲に夢中になったがその作曲者。両親はどちらも洋画家の青木繁・福田たね。その蘭童が熱海の志賀家を訪れ、鴨狩の猟に誘う。蘭童は猟の腕前も相当なものだったらしい。二人で乗るバスの時間までの二十分間ほどの間に、蘭童は山鳩・鴨《かも》・頰白を撃って志賀に手渡すのである。そして直哉は後でその山鳩を食うのである。「撃ったのは自分ではないが、食ったのは自分だということ」に気が咎めているが、小鳥は直哉にとって食糧の対象だったようにも思える。というのも、同年四月には「中央公論」に「目白と鵯と蝙蝠」を発表していて、貰った二羽の鵯《ひよどり》を籠に入れて飼うのだが、鵯は死んだ真似をして横倒しに寝てしまう。「鵯は却々《なかなか》上手に死真似をするが、眼は開《あ》いたままで、此方《こっち》を見てゐるから、私は騙されなかったが、」娘は不安を感じて籠を覗き込むと、「死んだら、死んだでいいよ。焼鳥にして食ってやるよ」と直哉が言う。直哉が殊更残酷だったわけではなく、時代がそうした時代だったのである。それでも直哉は次のようなこともしている。「ある日、私は玄関の前から裏へ廻らうとすると、大きな山楝蛇《やまかがし》が蝦蟇の一方の足を呑んで、凝然《じつ》と動かずにゐるのを見」て、「家内に鍬《くわ》を」持ってこさせ、蛇の「頭に近く鍬を打ち下ろした。蛇は苦しげに口を開き、蝦蟇をはなした」のである。「四五寸の長さに断《き》られた蛇の首は、大きく口を開き」切り口から血を垂らしながら右に左に転がる。「翌日、私は死んだ山楝蛇の胴体と首とを地面の上で繋《つな》ぎ、計って見た。曲尺《かねじやく》で四五寸あった。」というようなことをしている。一寸は約三cm。「何《いづ》れかといへば好きな動物」である蝦蟇《がま》を助けるためだったのである（昭和二十四年「動物小品」）。

それはさておき、「山鳩」で蘭童が猟に誘った際、直哉も猟銃を持って行ったのだろうか、と気になる。蘭童はその日「猟銃を肩に、今、撃つて来たと、小綬鶏《こじゅけい》、山鳩、鵯《ひよ》などを下げ、訪ねてくれた。」とある。それで、直哉も猟銃を所持していたかどうか知らないが、ともかく二人は

「一緒に山を下り、バスで熱海へ出かけた。」のだった。熱海に住んでいたが、狩猟の出来る「熱海」の場所へ行ったということになろう。

ところで先述した「虫と鳥」にこういう個所がある。百舌が喧《やかま》しく啼きたてるせいか小鳥が来ない。百舌がいると小鳥が来ないと言った武者小路実篤の言葉を思い出し、「子供の空気銃で百舌を追払ってやらうかとも一寸《ちよつと》考えたが」という個所。志賀家は空気銃を所持していたらしい。当時は刀剣類の所持は禁じられていたが、空気銃は所持出来たのであろうか。とすると、蘭童と出かけた際にも、空気銃を持参したとも思われる。現在は、昭和三十三年（一九五八）に施行された銃砲刀剣類所持等取締法によって許可なしでの所持は出来ない。

さて、こうして冒頭句を読みなおすと、あらぬことを考えてしまうのである。「時雨」がほんとうに降ってきたのだろうか？　山鳩がほんとうに藪に入ったのだろうか？　つまり、山鳩は時雨に驚いたのではなく、時雨の音に似た直哉の足音に驚いたのではないか？　食糧としての獲物を見つけた直哉の忍び足の音である。すると、藪に飛び込んだのは山鳩を捕まえた直哉ということになる。その後どうしたかは推して知るべし……などと、謎作りをしたい気分になる。

もちろん邪推である。第一、この句を詠んだのは昭和七年頃。猟の話は二十年近くも後年のこと。ただ、こんな邪推をしたくなるほど、直哉は小鳥好きだったようである。

ちなみに、小綬鶏という鳥は、図鑑によれば中国が原産で、大正八年（一九一九）から同十二年（一九二三）頃の間に東京と横浜に放鳥されたのだという。直哉四十歳前後。それが各地に繁殖したということなので、直哉たちの見た小綬鶏は放鳥されて間もなかったということになるかも知れない。

父母の生態

——森　鷗外

蟷螂の夫は妻に喰はれけり

私には子供の頃、右手の薬指と顎《あご》に小さな疣《いぼ》がいくつかあった。私はさほど気にかけた記憶はないが、小学校に入る前の年だったろうか、ある日野良仕事から帰宅した父が手を出せと言う。言われた通りにすると、父はおもむろに自分の手を開き、一匹の蟷螂《かまきり》を取り出して摘まんだ。何をするのかと思ったら、私の右手の薬指の疣に、蟷螂の口を押し当てたのである。蟷螂は田舎育ちの私には遊び相手だったから怖いことはないが、さすがに緊張した。蟷螂は嫌がっていたように思う。だから疣を齧っていたのかどうかは分からない。それで疣がなくなったわけではないが、父は私の顎にも蟷螂を押し当てた。私はじっとしているしかなかった。呪《まじな》いだったのかもしれない。結局はその後、酢酸を紙縒《こよ》りに湿らせてそれで疣を焼いたと記憶している。だからその後は疣がすっかり消滅した。蟷螂というとそういうことを思い出すのである。

蟷螂は、雌が大きく雄は小さい。農家育ちの人なら実際に目撃した人も多かろうが、蟷螂は共食いをする。特に交尾後に、雄が雌に喰われるのである。蟷螂は動くものしか餌にしないという。とすると、父親が喰わせようとした私の手の指や顎の疣は、動く物体ではないから蟷螂の餌になったはずがない。交尾後の蟷螂の雄は、弱ってはいてもまだ死なないから喰うというのであろう。ここに挙げた森鴎外の句も、そういう光景であろう。

この句は『鴎外全集』（岩波版）第十九巻に載っている俳句一三五句の一句である。季語は蟷螂で秋。こうした生態を知っている人には、新鮮味がなく当たり前を詠んだだけに思えるかもしれない。ただ鴎外は医者でもあるから、こうした光景をじっくり観察したであろう。当たり前でないのは、雄とか雌とか言わずに、夫・妻という風に擬人法化しているところに凄みが漂っていることである。そこで気になるのは、この句の詞書が「憶亡父」となっていることである。この詞書のもと十二句が詠まれていて、この句は二句目にある。三句目も「蟷螂の斧を引きゆく小蟻哉」と蟷螂が詠まれている。「憶亡父」すなわち「亡父を憶う」の題で、一句めの「俤やつくばひ覗くあきの水」という句なら分かる気がするけれど、蟷螂が詠まれるとは予想外の題材である。

鴎外は文久二年（一八六二）、島根県の津和野町に生まれている。本名は林太郎。父は津和野藩主亀井家の典医（大名のお抱え医者）で五十石の禄に与《あずか》る静泰（のち静男）、母はミ子《ね》（峰子）の長男である。父が萎縮腎で亡くなったのは明治二十九年（一八九六）四月四日。この句は、同年九月の「めさまし草」（まきの九）に発表されている。つまり父が死去して約五ヶ月後の「憶亡父」だから、父の記憶は鮮明であろう。鴎外三十四歳。前年陸軍軍医監に昇進、さらに陸軍軍医学校長にも復職していた鴎外は、この年陸軍大学教官も兼ねた中で「めさまし草」を創刊している。弟篤次郎と母峰子とが事務を扱ってくれた批評雑誌である。ということは、この句を母も読んでいたであろうが、どんな風に受け取ったであろうか。とはいえ、螳螂を詠んだ句なので、擬人法には気づかなかったのかもしれない。しかし詞書といい、擬人法といい、私としてはとても気になるのである。

蟷螂の昆虫図鑑などを見ると、食性は肉食性で、大きさによってはスズメバチ・キリギリス・ショウリョウバッタ・オニヤンマなどを捕食したり、時には蜘蛛《くも》・蚯蚓《みみず》・蛙・蜥蜴《とかげ》・蛇などまで捕食するというから実に驚きである。写真ではツクツクボウシを捉えている場面が紹介されているが、私の田舎生活ではそれらを目撃したことはない。如何に強力な羽根と脚を持っているとしても、想像を超えてしまうのである。さてそうした螳螂の夫を妻が喰らうというのである。交尾後で弱っているとはいえ、生きているうちに喰らうわけである。子供の頃初めて目撃した時は、たしかに抑えつけられているような螳螂の白い身体が見えるのだが、それが雌が雄を喰っているのだなどとはまるで知らなかった。二匹の遊びのように見えたのである。そのことは後年、友人宅で飲酒している際に、カリカリというような音がするので友人に聞いたところ、今鈴虫の雌が雄を喰っているのだと、友人の奥さんが平然と答えたことにびっくり。その場を見せてもらったが、暗い中で雄の身体が白く浮かんでいた光景と重なるのである。

そうした光景と、「憶亡父」の詞書によるこの鴎外の句を、どんな風に結びつけたらいいものか困惑するのだが、これを擬人法とする時、やはりこの夫は静男であり、妻は峰子と考えるのが妥当であろう。そう思わなければ、なぜこの句が「憶亡父」の詞書で詠まれるのか分からない。

ところで父静男の本名は吉次吉五郎という。生まれは周防国植松村（現・防府市大字植松）の大庄屋吉次定正の五男。ただ後妻の母秀野の産んだ子供からすると次男になる。この区域は佐波川という川が毎年のように氾濫、被害が続いていたという。百姓一揆も起こったりして、大庄屋の吉次家が打ち破られ、損害が甚だしく次第に家運が衰えていったらしい。吉五郎が十五歳の頃にも大洪水があり、地域一帯が大被害を蒙ったという。こうした環境に育った吉五郎は寡黙で誠実、そして勉強好きだった。少年の心には農民の窮状への憂い、郷土の興隆・発展の願望が強く芽生えたのだという。十七歳の時母が死去、その翌年名前を良作と改め、独立の意志を固めている。まず医学を学ぶため長崎へ行くが、紹介された蘭医と会えずに空しく帰郷。そこで津和野へ行き、津和野藩医森白仙に弟子入りし、名前を泰造に改める。白仙は、温厚篤実な泰造を気に入ってしまう。白仙にはミ子という一人娘がいた。泰造（のち静泰→静男と改名）をそのミ子（峰子）の婿養子にしたのである（森静男百年忌実行委員会『鴎外の父「森静男」の生涯』）……というのが鴎外の父親の大まかな流れ。鴎外の妹・小金井喜美子が父のことを記している。「父は性格が穏やかで、寡黙、よく祖父母に仕え、若い妻を優しくいたわる様子が祖父白仙に大そう気に入られた。祖父の白仙は、静泰はまだ年が若いので、人に接するのは早過ぎるということで、茶道を学ぶことを勧めた。石州流であった。」（『不忘記』）。また鴎外の長男、すなわち孫の於菟は「赭顔白髯の無口の老人で、多くは薄暗い六畳の隠居所に端座していた。（中略）少し頑固な処があって、ためになるような病家から呼びに来た時、とかく出しぶり、代診でも差支ないと思われる家庭に病人があると夜中でも風雨を冒して出かけるというので、家で経済をとっている祖母（峰子）が愚痴を洩した事を後年祖母から聞いた。／趣味は盆栽と煎茶、また隠居してからは小鳥の世話をしていた。」（『父親としての森鴎外』）と記す。肝心の長男鴎外は「父は詰まらない日常の事にも全幅の精神を傾注してゐるといふことに気が附いた。宿場の医者たるに安んじてゐる父の resignation《レジニアション》 の態度が、有道者の面目に近いといふことが、朧気ながら見えて来た。」（『カズイスチカ』）と書き、その時から父を尊敬する念が生じたという。resignation とは断念とか諦念の意。これらを通して考えられる静男の人物像は、優しい性格で、仕事に忠実、その取り組みは全幅の精神の傾注、そして茶を嗜み礼儀正しく、旧藩主のお気に入り、という絵に描いたような好人物といえよう。なにしろ金持ちの病人より、貧しい家庭の病人を優先したという人柄である。それは、森家の家計に響いたらしい。これに愚痴をこぼした峰子、すなわち鴎外の母はどんな人物であったろうか。

鴎外は明治二十二年（一八八九）二十七歳で、海軍中将男爵赤松則良の長女登志子と結婚するのだが、翌年於菟が生まれて間もなく離婚している。登志子は華族の娘だけにまるで経済観念に欠けていたらしい。そのため姑の峰子は毎日のように、自宅から人力車で息子の家へ家政の監督に通ったのだという。また於菟は、峰子が登志子のことを「何しろ鼻が低くて笑ふと歯ぐきがまる見え」「もつと器量がよかったら林《りん》もきらはなかつたらう」（『父親としての森鴎外』）と言ったりしていたと記している。林とは林太郎。峰子は「小の虫（登志子）を殺して大の虫（鴎外）を生かす」という心地だったともある。

鴎外が荒木志げと再婚した後で発表した作品「半日」（明治四十二・三）で「丸であなたの女房気取で。会計もする。そばにもゐる。ご飯のお給仕をする。お湯を使ふ処を覗く。寐ている処を覗く。色気違が」と、妻が夫に言う描写をしている場面は峰子を彷彿とさせよう。

登志子との離婚で「母峰が奔走した。この人は利口な働き者ではあるが、自分の家族さえよければいい、という一種の近代家族の見本である。」（森まゆみ『鴎外の坂』）という見方もある。

父の白仙は昔気質で、女子は家事や裁縫さえ出来ればいいという考えの持ち主だったため、峰子はこっそりいろはを習ったという。彼女は六歳で鴎外が藩校に上がってから、四書素読の復習を監督しながら自分も勉強したという。夫の静男が家計には比較的無頓着だったせいもあり、国債や株を買い、株の面では相当な自信を持っていたともいう。手習いにも絶えず励んでいた上に、文芸にも趣味があり、座右には『平家物語』『曽我物語』『徒然草』『百人一首一夕話』などの外『八犬伝』やさらに『白氏文集』『和漢朗詠集』があったというからその勉強ぶりが偲ばれよう。鴎外の書いたものは難しいものまで目を通していたというし、観潮楼でたびたび行なわれた文芸人の集まりにも、参加して意見を述べていたともいう。してみると、あくまでも鴎外は母に縛られ続けていたことになろうか。峰子は婿取りをした家つき娘であり、十七歳で鴎外を生んでいる。偏見、盲愛、強情な女であったという……。という風に追いかけてくると、掲出句が納得されるかもしれない。温厚な夫と勝気な妻。その狭間で生きた鴎外。

こうなると、三句目の「螳螂の斧を引きゆく小蟻哉」も気になってしまう。この螳螂は喰われた夫であろうが、その斧を引きずる小蟻とは？

五句目には「行秋やでゝでむし殻の中に死す」の句もあるが、蝸牛《でんでんむし》が殻の中で死ぬ運命も、掲出句と似通う気がするのである。

天涯の孤児となって

——川端康成

川端康成については、俳句に触れてみたい。全集（新潮社発行）では、「俳句ほか」として二十二句の俳句が収められているが、「ほか」は短歌の二十五首である。もっとも短歌については、歌稿1・2という分類立てもあるのでかなりの数にのぼろう。また、補巻収録の「ノート」という分類には相当な数の俳句や短歌、そして詩も見られるが、それらを抄出して編んではいない。とはいえ画然と判別できない困難さもある。だからそれらも私なりに参照してみたい。

後朝の停車場寂し秋の蟲

「後朝」はきぬぎぬと読み、共寝した男女が翌朝別れることをいい、それぞれの着物を着て別れたのだという。それで「衣衣」とも書く。古語を用いて風流な表現である。川端は中学時代に「源氏物語」や「枕草子」など、王朝文学の教養を身に着けていた。「停車場」は列車の発着場であろうがどこの停車場であろうか。「蟲」は虫の旧字。この句がいつ頃詠まれたのか分からないが、俳句や短歌など量産した十四歳の頃とは考えにくい。

川端は大正二年（一九一三）十四歳の時、小説家を志望して新体詩・短歌・俳句・作文などを試みている。大阪府立茨木中学校二年生。この時期祖父と二人暮らしである。そうした家庭的な寂しさが文芸へと走らせたのであろうと思われる。その祖父も翌年死去する。川端は十五歳で孤児となり、亡母の実家に引き取られた。

川端康成に触れる時、どうしてもその生い立ちに触れなければなるまい。現存する系図写しによれば、川端家は鎌倉幕府第三代執権北条泰時からの出で、康成の父は三十代目に当たるという。住居は大阪市内。旧家で資産もあったという川端家だが、父が康成二歳の時死去、そのため大阪府西成郡の母の実家に移住した。その翌年三歳の時、母も死去。そこで同じ府内の三島郡の祖父母に引き取られる。康成は長男だが兄弟は姉一人。その姉は既に叔母の婚家先に預けられていて、しかも康成十歳の時心臓麻痺のため死去している。康成は三歳の時に別れて以来、姉と会ったのは一度きりだったという。祖母は康成が七歳の時に死去しているので、先述したように祖父にも死なれ、いわゆる天涯の孤児になったのである。亡母の実家、西成郡豊里村から汽車で茨木中学校に通うことになったが、その翌年十六歳の時、中学校の寄宿舎に入り、以後卒業まで寮生活を送っている。母が死去した年、祖父が親族と契約書を交わし、康成姉弟の将来のために、当時の金で三、一〇〇円が積み立てられたというから、康成は生活には困らなかったであろう。ただ両親も祖父母もいない、亡母の実家黒田秀太郎家には居づらかったに違いない。中学を卒業して第一高等学校文科乙類（英文）入学。三年間は学寮生活。以後の二年間は大阪の亡母の実家黒田家に寄宿したようである。以上、年譜を辿ってみた。

ところで高校最終学年になった二十一歳時、同級生だった石濱金作、鈴木彦次郎、三明永無としばしば盛り場やカフェに出入りしている。石濱、三明とは本郷元町のカフェ・パリとかカフェ・エランに盛んに行っていたようである。そのエランに伊藤初代（ハツヨ・ちよとも）という女性がいた。よく知られていることだが、川端はこの初代を好きになったのである。初代十四歳。川端はこの年、東京帝国大学文学部英文学科に入学している。

伊藤初代は福島県若松市出身。九歳の時母に死なれ、父親が出身地の岩手の江刺郡岩谷堂町に帰るが、初代は若松市の母の実家に引き取られている。その後十三歳で上京した初代は東京帝大近くのカフェ・エランのウエートレスになり、川端と知り合う。ところが店が閉じられることになり、店のマダムの姉がいた岐阜の寺に初代は預けられることになった。そのため川端は岐阜へ会いに行ったり、岩谷堂の父親へ結婚を申し込みに行ったりする。そして婚約にこぎつけたわけだが、こうした経緯は九月から十月にかけての秋である。川端二十二歳、初代十五歳。ただ一ヶ月後、この婚約はすぐ破談になる。それは謎のままだが、ここではそれを追求するのが狙いではない。この時期、川端が後朝の別れをした相手が誰なのかを知りたいのである。

私としてはこの初代を想定していたのだが、無理なのかもしれない。というのは初代から「私には或る非常があるのです（中略）お別れいたします。さやうなら。」という、いわゆる「非常の手紙」と呼ばれる手紙をもらい、さらには「あなた様は私を愛して下さるのではないのです。私をお金の力でままにしようと思つていらつしやるのですね。（中略）私はあなた様を恨みます。」という手紙までもらって川端は困惑の極みに陥ったからである。初代を東京に迎えても、しばらくは少女のままにしておくべきではないかと悩んでいた川端とすれば、初代との「後朝」は考えられないことになろう。

掲出句の一句後に、

秋の夜遊女の枕もしめりけり

という句がある。これも掲出句と同じ秋の句であるが、この句を参照すると、「後朝」の別れをしたのは遊女なのかとも推測されるからである。遊女だとすると、どこの遊女であろうか。年譜を参照する限りそれらしい形跡は見当たらない。

ただこういうことは推測される。

大正十年（一九二一）十月、初代へ結婚を申し込みに行った時のことだが、一人ではなく三明と行っている。二人は初代のいる寺へ行き、初代を連れ出すと三人で長良川付近をぶらつく。二人が泊っている宿へ電車で帰る途中、三明は気を利かして柳ケ瀬停留所で下車する。しかし川端は初代を宿へ連れて行かずに帰してしまうのである。川端が初代に何もしなかったと聞いて、三明は意外な顔をしたという。三明はその間柳ケ瀬の遊郭で過ごしていた。柳ケ瀬は花街として名高い。この花街に川端は三明と共に上がらなかったろうか。「秋の夜…」の句はその時の様相ではなかったかと推測したいのである。そうなると、掲出句もこの時の句作と推測すれば、「停車場」とは柳ケ瀬と考えたくなる。ただ、柳ケ瀬は電車の停留所である。停車場という語には当たらないということになれば、岐阜駅ということにしたい。問題は「後朝」。

川端は孤児で育ったこともあり、人々とのにぎやかなことは好きだったようである。本人自身後に、「私の人生でのもろもろのありがたいめぐりあひは、孤児であったから恵まれたのではないかと思ふ。」（毎日新聞「思ひ出すともなく」）と回想している。同時にこの孤児感覚は、「家に女気がなかったため性的に病的なところがあったかもしれない僕は、幼い時から淫《いん》放な妄《もう》想に遊んでゐた。そして美しい少年からも人並以上に奇怪な欲望を感じたのかもしれない。」（「少年」）という同性愛に向かってもいる。茨木中学時代の寄宿舎生活で、下級生との同性愛が日記に見られるが、いわばその初恋が「少年」で触れられているのである。そして日記には、「俺は元来手淫などは方法も知らず行った事もない。今迄の家庭の周囲にそんな風がなかつたからだ」とも記している。初代との婚約が破談になった後、初代と接吻もしなかったことを「接吻の機会は飛石のやうに続いてはゐない」などとも書いている。こうした川端の境遇がもたらした、一種特異な感情・体験が彼の作品に大きな翳を落としていることは、多くの研究者たちが指摘しているところである。

大正三年（一九一四）というと川端十五歳の中学三年生だが、その年のノートの短歌に、

恋人のいとあどけなきね顔〔かな〕をも／乱さんとする我のあさまし
あどけなきね顔にしばしたゆ〔さ〕たひて／乱し兼ねにし我心かな

という習作が見られるが、「恋人」とは誰を指しているのだろう。「あどけなきね顔」とあるが、この時期まだ寄宿舎生活もしていないから下級生の少年ではなかろうし、まして初代とは出会っていない。そうなると、「幼い時から淫放な妄想に遊んでゐた」川端は短歌も俳句も妄想の情景を詠んでいたことにならないだろうか。「後朝」の句は実際に共寝をしたわけではない、妄想と

しての「後朝」。小説的フィクション。対象はやはり初代であり、停車場は岐阜駅。として擱筆したいが、付会になってしまうだろうか。

見透していた「のざらし」

――太宰　治

旅人よゆくてのざらし知るやいさ

太宰治の俳句は珍しい。それだけに興味がある。一時期、俳句に凝っていたという回想があるが、全集では多くの句は見いだせない。この句は「亀の子」の題目で十一句中の一句だが、全体でもこの数ではないだろうか。朱麟という号を用いている。

「のざらし」は「野晒し」で、野外で風雨に晒《さら》されることである。晒された結果、「曝《さ》れ頭《こうべ》」「髑髏《されこうべ》」ともなる。野ざらしといえば、松尾芭蕉に紀行文『野ざらし紀行』があり、その中に有名な一句「野ざらしを心に風のしむ身かな」がある。太宰はおそらくこの句を念頭に置いていたであろう。「いさ」は「いざ」と違い、否定的な気持ちを含む使用法である。したがってここでは、「知るやいさ」は、知るや知らずや、分かってるかどうか、ぐらいであろうか。つまり旅人よと呼びかけ、貴方が行き先に辿り着かないうちに野山で往生、そのまま髑髏になるかもしれないけれど、それを承知でか、とでもいうのであろう。それを承知で旅を続けた人々もいたわけだが、太宰はどうであったろう。旅人とは自分を差していたとも思われる。俳句としては季語のない無季俳句である。

実は、三人で巻いた「旅人」という十二句の連句もある。その発句が太宰作で、その句は掲出句と全く同じである。ただ、この時の号は「朱麟」とあり、前出した「リン」の字とは違いがある。この発句に対して、朱蕾が「矢立の墨のにぢみたる筆」と付けている。朱蕾は義弟の小館保(太宰の姉の夫の次弟)。もう一人は十指翁という号の平岡敏男(弘前高校で太宰の一期上・後の毎日新聞社社長)。この連句「旅人」は小館保の句帖に書かれていたものである。いつ頃のものか判然としないが、太宰の回想を参照すると、おそらく、昭和六、七年(一九三一〜三二)頃のことかと推定されている。それは「そのとしの夏に移転した。神田・同朋町。さらに晩秋には、神田・和泉町。その翌年の早春に、淀橋・柏木。なんの語るべき事も無い。朱麟堂と号して俳句に凝ったりしてゐた」(「東京八景」・『文學界』昭和十六年一月一日)という部分。「朱麟堂と号して俳句に凝ったりしてゐた」という記述からの推定である。年譜によれば、太宰は昭和六年「三月、上京した小山初代と同棲し、品川区五反田一丁目に住む。夏、神田同朋町に、晩秋神田和泉町に移る」昭和七年「早春、淀橋柏木に、晩春、日本橋八丁堀にと転々す」(全集・筑摩書房)とある。してみると、小山初代《おやまはつよ》と同棲して以来、住居を転々とし、その間俳句に凝っていたのである。

初代はこの俳句と関わる時期の女性ということになろうか。

太宰は昭和二年（一九二七）十八歳で、官立弘前高校文科甲類に入学して下宿するが、秋頃から青森市の花柳界に出入りするようになり、そこで芸妓紅子《べにこ》と馴染になる。これが小山初代である（「Hとは、私が高等学校へはいったとしの初秋に知り合ってそれから三年間あそんだ。無心の芸妓である」…「東京八景」。以下、引用文はこの出典による。Hとは初代であろう）。昭和五年（一九三〇）に東京帝大仏文科に入学するが、五月頃から先輩に勧誘されて共産党のシンパ（支持援助）活動に加わる（「世人の最も恐怖していたあの日蔭の仕事に、平気で手助けしていた」）。十月に初代が青森から太宰を頼って出奔する（「女が田舎からやって来た。私が呼んだのである。Hである」）。だが上京した長兄・津島文治から結婚の許可と引き換えに義絶を言い渡されている。つまり長兄から兄弟の縁を切られたのである。この時長兄は、初代を芸妓から落籍するために青森へ連れ帰った。その直後のこと、銀座のカフェーの女給と心中を図る。女給は十八歳の人妻。鎌倉の七里ヶ浜海岸で薬物を用い、女は絶命したが、太宰は生き残る（「Hとの事で、母にも、兄にも、叔母にも呆《あき》れられてしまったという自覚が、私の投身の最も直接な一因であった。女は死んで、私は生きた」「私の生涯の、黒点である」）。そのため、自殺幇助罪《ほうじょざい》に問われたが、起訴猶予となり、その十二月、初代と仮祝言を挙げている。これが昭和五年、太宰二十一歳の動向であった。

句作していたという時期、同時に共産党活動に力を入れてもいる（「朝早くから、夜おそく迄、いの仕事の手助けに奔走した」）。初代と結婚してからも、資金カンパやアジト（隠れ家）の提供などをしてシンパ活動を続けている。そうなると、アジトを保安するためという理由もあり、先輩の勧めに従って転居を繰り返すことにもなった。党関係者からの指示や官憲に対する恐怖心もあり、内密に転居することもあったようである（「例の仕事の手助けの為に、二度も留置場に入れられた。留置場から出る度に私は友人たちの言いつけに従って、別な土地に移転するのである」「私は、またまた移転しなければならなくなった。またもや警察に呼ばれそうになって、私は、逃げたのである」「日本橋・八丁堀の材木屋の二階、八畳間に移った。私は北海道生まれ、落合一雄という男になった」）。ここまでで、同朋町→和泉町→柏木→八丁堀と転居している。太宰二十三歳。初代二十歳。こんな風に転居を続けた太宰としては、自らを旅人と思ったのではないだろうか。しかも官憲からその動向を絶えず監視されていたとすれば、「ゆくてのざらし」の意識が強かったであろう。「知るやいさ」は自分に問いかけたことになる。

掲出した句の前後の句を挙げて、番号を付してみる。

①病む妻やとゞこほる雲鬼すゝき　（前句）
②こがらしや眉寒き身の俳三昧　（後句）

①に「病む妻」とあるが、この時点まで「東京八景」には初代の病気は記されていない。「Hは甲斐甲斐《かいがい》しく立ち働いた」「Hは快活であった」「あねご気取りが好きなようであった」という初代である。また、「鬼す、き」という表現も気になる。もちろんそういう薄はないので、薄を鬼と形容したわけだが、どんな薄なのだろう。

この時期、俳句に凝っていたということは前述したが、②の句でも「俳三昧」と詠んでいる。外は木枯らしが吹く寒い日。「眉寒き身」でひたすら俳句作りに没頭している。もっとも、家の中にいるわけだから、身体が寒いわけではない。「眉寒き」というのはどんな状態か気になってしまう。眉に関する慣用句はかなりあるが、「眉寒き」は見当たらない。もちろん、シンパ活動による不安、恐怖が眉を寒くさせていると考えるのが自然であろうか。

ところでこの年、太宰は大変な衝撃を受けるのである。以下長くなるが「東京八景」からところどころ抜粋してみる。なお太宰は全く登校しなかったが、東大の学生である。「或る日の事、同じ高等学校を出た経済学部の一学生から、いやな話を聞かされた。煮え湯を飲むような気がした。まさか、と思った」「Hに聞いてみたら、わかる事だと思った」「きょう学生から聞いて来た事を、努めてさりげない口調で、Hに告げることが出来た。Hは半可臭《はんかくさ》い、と田舎の言葉で言って、怒ったように、ちらと眉をひそめた」「私は、Hを信じられなくなったのである。その夜、とうとう吐き出させた。学生から聞かされた事は、すべて本当であった。もっと、ひどかった。掘り下げて行くと、際限が無いような気配さえ感ぜられた」「その夜は煮えくりかえった。私はその日までHを、謂《い》わば掌中の玉のように大事にして、誇っていたのだということに気附いた。こいつの為に生きていたのだ」「唯一のHにも、他人の手垢が附いていた」……。

結婚以前の初代の男性関係を知ったのである。これに衝撃を受けた太宰は、「自分の生活の姿を棍棒《こんぼう》で粉砕したく思」い、「私は、自首して出た」のである。青森警察署に自首して、それ以来非合法活動から完全に離脱したのだった。したがって、官憲からの不安、恐怖からは解放されたことになる。

こうした前提から推察してみると、①の「病む妻」の「病む」は、いわゆる病気ではなく、初代の男性関係ではないだろうか。「際限が無いような気配」を「病む」としたのだろう。だからそれを引きずる太宰の心には雲が滞《とどこお》って晴れないのであり、薄もまた「鬼すゝき」に見えるのである。そうなると、②の「眉寒き身」も頷けよう。心の晴れないこの時の太宰は、「眉を曇らす」「眉を顰《ひそ》める」状態だったのである。そして、「私は、再び死ぬつもりでいた」のだから、まさに自分の「ゆくて」を「のざらし」と見透したのだと思いたい。実際、昭和二十三年（一九四八）、玉川上水で入水心中をしたわけだから、「のざらし」だったといえよう。とすると、二十代初期に詠んだ掲出句は、自分の人生の終焉《しゅうえん》方法を予言していたことになろうか。

憤りを抱えて

——萩原朔太郎

全集（筑摩書房）を見る限り、萩原朔太郎の俳句は二十句弱である。それでいて、同じ句を、若干の表記の差こそあれ、二度三度と記している句が目立つ。例えば次の句、

枯菊や日日にさめゆくいきどほり
↓
枯菊や日日に醒めゆく憤り
↓
我が齢すでに知命を過ぎぬ
枯菊や日日にさめゆく憤り

という風に。そこで三度目の表記の句で考えてみたい。さいわいここには詞書がついているのが有難い。知命というのは「論語」の孔子の言葉、「五十而知天命」（ごじゅうにしててんめいをしる）が出典で五十歳のこと。朔太郎が五十歳を過ぎて詠んだものと分かる。朔太郎は明治十九年（一八八六）生まれで、昭和十七年（一九四二）に死去している。天命は満五十五歳。

菊は秋の季語だが枯菊《かれぎく》となると冬の季語。冬枯れした菊である。朔太郎は心中に憤りを抱いて過ごしていたらしい。それが日に日に薄らいでいくのである。まるで日に日に枯れていく菊のようで、菊が自分なのである。それは冬を迎えることで、終点に達するのかもしれない。五十歳を過ぎるとこんな風に熱意も衰えるのであろうか……。朔太郎にとっては憤りの感情の醒めることが青春との別れ、ひいては人生との訣別を意味していたのかもしれない。

朔太郎は社会への踏み出しに遅れている。というのは、まず前橋中学校で五年進級に失敗して留年、第五高等学校一年で落第して退学、第六高等学校一年で落第留年、慶應義塾大学予科入学するも即退学。二十四歳。年譜によれば、人生の針路について悩み、マンドリンやギターを習ったりして音楽家になろうとしたともいう。中学校で落第したのは、短歌に凝りだしたせいらしい。朔太郎文学は短歌の作歌から始まったようで、中学四年、十七歳時には「文庫」（山県悌三郎主宰）や「明星」（与謝野鉄幹主宰）にその短歌が掲載され、美棹《みさお》という筆名を常用している。ちなみに、朔太郎が最大限の評価をしている石川啄木は、朔太郎と同じ明治十九年（一八八六）生まれ。啄木の歌も「明星」に掲載されている。互いに読んでいたであろう。朔太郎の父親は大阪出身だが、群馬県立病院副院長を務めた後で開業している。名医と言われた医者。長男朔太郎を非常に大切に可愛がったというのは当然であろう。家業を継いでもらいたいという願望もあったであろう。その朔太郎はあまり身体が丈夫でなかったらしい。三歳の時、腸の大病で永く病臥しているが、チフスに罹っていたと推察されている。小学校に入学してからも、欠席がちであった。腺病質・神経質・臆病・孤独癖というような語が年譜に並んでいる。こうした体質的な鬱屈を抱えていたのではないだろうか。また同時にこれが作歌の引き金となっていたのではないだろうか。二十四歳の時、友人宛に、商人になるか、医学校に入学するか、ピストルを使用するか、道は三つに一つだという手紙を書いている。ピストル使用を思いつくほどに鬱屈していたといえよう。この鬱屈が憤りの塊りとなっていったのではなかったかと考えたいのである。現実との狭間で歌作をし、詩作をしながら、文学の世界で憤りが弾けていったのではないだろうか。家業を継ぐ医師にはならなかったのである。

例えば、大正六年二月、三十一歳の時だが、詩集『月に吠える』を出版して大反響を呼ぶ。その五月、「文章世界」に「三木露風一派の詩を追放せよ」を発表した。「この派の詩は一時ものの、ごまかしにすぎない」「その詩に於て何物か『あるらしく見えた』ものは、実に影も形もない幽霊の如きもの、乃至は三文の価値もない瓦かけのやうなもの」「彼等の最も悪い病癖は、その詩の表現に一種の技巧を用ゐることにより一層内容を曖昧にすることである。」と激しい口調での批難である。三木露風一派とあるが、名指しで「この派に属する人には白鳥省吾氏、日夏耿之介氏、富田碎花氏等がある。」と挙げ、この他にも、「川路柳紅氏、柳沢健氏、西条八十氏等の作家と、灰野庄平氏、三宮允氏等の評論家が居る。」といずれにも・を付して並べ、「我々は今後協力してかくの如き汚物を詩壇から追放し、新しい光栄の日を迎へるためにいそしまねばならぬ。」と激しく憤っている。露風一派の詩を「汚物」とさえ言い切ったのである。当然反論が展開されたが、それらに朔太郎はまた反論している。なお、当時朔太郎が高く評価していた詩人は蒲原有明であった。こうした憤りは詩壇だけではなく、歌壇にも向けられている。「どんな芸術でも、常にその時代の感情を表現してゐること」を前提として、「今日の歌壇を見るに、どこにもさうした鮮新の気分がない。どこにも時代の新しい感情がない。」といい、朔太郎の主張を体現した歌人として「(石川啄木の如き詩人は、真に、「時代の感情」を捉へた代表的の青年である。詩人はだれも皆彼れの如くでなければならぬ。)そして彼の詩風は、正に当時の歌壇の正流であった。」(「現歌壇への公開状」「短歌雑誌」大正十一年五月号)と石川啄木を最大限に絶賛するのである。北原白秋も称賛されているのだが、啄木は現歌壇の歌人ではない。ただ二人は、一足先に「時代の感情」を捉えた歌人なのであって、大正十年(一九二一)当時にはそういう歌人がいないと憤っているのである。啄木が死去して十年ぐらい経っての時期である。さらに同年、同じ「短歌雑誌」

十一月号に「再び現歌壇への公開状」を展開、具体的に歌人とその短歌を載せて攻撃を加えている。岡麓、木下利玄、石榑千亦、吉植庄亮、松村英一の五名だが、因みに一つだけ例を挙げてみよう。

さみだれのをやみのひまのうす日でりしづかに雲の動きそめけれ　（岡麓氏）

五首全体へ「見よ、此等の詩のどこに『新時代の詩の情想』と見るべきものがあるか。」と論《あげつら》い、「岡氏の『さみだれの』の歌のどこに著しい新味があるか。」「類想は既に古く寝ぼけてゐる。」「一定の類型にはまつた陳腐のもので、何等溌剌たる鮮新」がないと一蹴するのである。そしてここでも、「かつて石川啄木や北原白秋や万葉集やの歌が、いかに深甚なる驚異と感動とを」与えたかと評価している。もちろんこうした歌論に、歌人たちの反論が寄せられているが、それでも朔太郎は丁重に、説得口調で再反論するのである。こうした歌論や歌壇論争は二十篇ほどあろうか。朔太郎はそれほど憤りを溜め込んでいたことになり、同時にそれは朔太郎のバイタリティーでもあったろう。

もっとも憤りは、詩壇・俳壇へのものだけではなかったろう。『純情小曲集』（大正十四年＝一九二五・八月刊行）の序を開くと、「かなしき郷土よ。人々は私に情《つれ》なくして、いつも白い眼でにらんでゐた。単に私が無職であり、もしくは変人であるといふ理由をもって、あはれな詩人を嘲《てう》辱《じよく》し、私の背後《うしろ》から唾《つばき》をかけた。」とある。朔太郎はそういう「環境の中に忍んで」いるうちに、「卓抜なる超俗思想と、叛逆《はんぎやく》を好む烈しい思惟《しゐ》」が「鼠《ねずみ》のやうに巣を食って」いったというのである。つまり故郷への憤り、怒りの心情も消えることがなかったことになろうか。そうした心情はいくつかの詩にも詠われているが、例えば「帰郷」。「昭和四年の冬、妻と離別し二児を抱えて故郷に帰る」という説明付きの詩である。「わが故郷に帰れる日／汽車は烈風の中を突き行けり。」と書き出し、「汽笛は闇に吠《ほ》え叫び／火焔《ほのほ》は平野を明るくせり。」と詠って、「烈風」や「吠え」「火焔」などに帰郷の暗い心情を語っていよう。その後の数行を載せてみる。

何所《いづこ》の家郷に行かむとするぞ。
過去は寂寥《せきれう》の谷に連なり
未来は絶望の岸に向へり。
砂礫《されき》のごとき人生かな！
われ既に勇気おとろへ
暗澹《あんたん》として長《とこし》なへに生きるに倦《う》みたり。
いかんぞ故郷に独り帰り

さびしくまた利根川《とねがは》の岸に立たんや。

朔太郎にとって帰郷は決して嬉しくはない。説明書きにもあったが、四十歳を過ぎて、家庭が不和になり離婚、五十歳を過ぎて再婚するという家庭状況もあった。だがそれらが憤りとどんな風に繋がるのかは分からないので措《お》くこととする。ただこの詩中の一行、「われ既に勇気おとろへ」に注目したい。冒頭に掲げた句中の「日々にさめゆく憤り」と繋がろう。

ところで、肝心の俳句は朔太郎にとってどういう関わりにあったのだろうか。俳論も十数篇書いているが、その中に「小説家の俳句について」がある。その前提として「日本のあらゆる文学は、究極としてそのエスプリは俳句に尽きる。」という。そして小説家の俳句について「彼等の大部分のものが、真のメタフィジカル・ポエヂイを持っていないといふこと。換言すれば、真の詩人的天質を欠いて居る」のが「詩的欠陥」だと指摘している。逆にいえば、詩人・俳人はそれらを持っているということである。そのことを端的に「詩人には恋愛があって情痴がなく、小説家には情痴があって恋愛がない。」と言っているのは面白い。小説家の作る詩歌・俳句は概して常識的、通俗人情的、卑俗現実的であると断定、尾崎紅葉の俳句を数句挙げて、「俗臭芬々、まことに鼻持ちならない」と酷評している。

朔太郎は「若い時には俳句が大嫌ひ」（「俳句に於ける枯淡と閑寂味」以下同）だったが、与謝蕪村の句だけは好きだったという。芭蕉も次第に好きになるが、それは「芭蕉のポエヂイの本質に、非常に純一なリリシズムを発見したから」だという。こうして見てくると、朔太郎は、ジャンルや作者の年齢には関わりなく、「情熱的なリリシズム」「青年性」「心の詩情」を喪失したものへ憤ったということになろう。それが知命を過ぎて「日々にさめゆく」自分が歯がゆくなってきたのではなかったろうか。

関東大震災遭遇

——北原白秋

母と子の渇に水噴け藪茗荷

北原白秋作だということの俳句を見かけた時、意外な気持がした。私の頭には、詩人・歌人・童謡詩人というイメージしかなかったので、この句が荒々しく思えたからである。「渇」と「水噴《ふ》け」の語句が特にそう思わせたらしい。「渇」は枯渇・飢渇などとせっぱつまった熟語を思い出させるし、「水噴け」はもちろん高々と噴き上げる噴水のイメージ。それに、「母と子の渇」とはどういうことだろう。ただ、「水噴け」とあるから、どうやら母と子供が咽喉が乾いたというのであろうか。それなら水を飲めば癒されるのだろうが、藪茗《やぶみよう》荷《が》に向かって水を噴けと命じる。どういうことなのだろう。つまりは周囲に水がなく、あるのは藪茗荷。

植物図鑑によれば、籔茗荷は竹藪や雑木林に群生して、茗荷に似ているが、ツユクサ科の多年草である。茗荷はショウガ科の宿根草。写真を見ると、田舎生まれの私には何度か見た記憶がある。籔茗荷の果実は、若い実は緑色だが、やがて藍色をした球形になり、たくさん生《な》る。直径六ミリとあるからよほど小粒。つやつやしてみずみずしく、美しいのは確かだと思い当たる。食べるとすれば、初夏、葉が開ききらないうちに若芽を採取して塩茹《ゆ》でにするか、炒め物か汁物にするのだという。私は食べた記憶がないけれど。この句では、咽喉《のど》の乾いた母子のために、水を噴き出せと願う。おそらくみずみずしい果実の姿に、水を切望しているのだろうか。命じられた籔茗荷もどうしようもない。尋常ではない雰囲気が漂う句である。

また、母と子とは誰を差しているのであろう。白秋は明治十八年(一八八五)生まれ。父は長太郎、母はシケ（しげ)。「母」をシケとするなら、「子」は白秋であろうか。それとも、「子」が白秋の子供なら、「母」は妻ということになる……などと思いながら、『白秋全集』（岩波書店）を繙いてみた。

白秋には約三百の俳句がある。その中に「震後」の題で三十八句ある中の一句がこの句であった。さらにこの句には「竹林生活、十三句」という詞書がついている。東日本大震災を体験した私としては、「震後」に強く惹かれた。また、竹林生活とはどういうことであったろう。

白秋が体験した地震。大正十二年（一九二三）九月一日午前十一時五十八分、関東地方に大激震が発生、死者は九万人超、全壊焼失家屋は四十六万戸超に及んだ。マグニチュード7.9。関東大震災である。この時白秋三十八歳。

白秋は独身時代を含め、年譜によると二十回ほど転居を繰り返している。長い間窮乏生活が続いたこともその一因だったのかも知れない。しかしその間、詩集『邪宗門』や歌集『桐の花』などを刊行しているのだが、生活は苦しかったようである。白秋はこの頃二度目の結婚をしているのだが、大正六年（一九一七）八月の年譜には「生活は窮乏の極となる」とさえ記されている。福岡県柳川市の生家が破産したせいもあろう。なにしろ、北原家は代々柳河藩御用達の海産物問屋。その外に酒造も兼ね、父の代には酒造が本業になっているが、船着き場の近くには魚市場も経営、さらに精米業も営んでいたのだから。

大正七年（一九一八）の十月、小田原市城山の浄土宗樹高山伝肇《でんじよう》寺に寄寓して、本堂横の部屋に居を移した。この年鈴木三重吉が「赤い鳥」を創刊すると白秋が童謡を発表、他誌には詩文の連載、さらに翌八年になると、「中央公論」に小説を発表するという活動と相俟って、ようやく窮乏生活から脱して、生活も安定するようになったらしい。それで、伝肇寺東側に住居を建て始める。この家の正面の姿がみみずくの貌に似ているというので、「木兎《みみずく》の家」と名づけた家である。この萱屋根に藁壁の家の他に、竹林の中に方丈（四畳半）風の書斎も造っている。この後、伝肇寺の住職と地代などでもめ事があったようだけれども、翌九年、「木兎の家」の隣接地に赤瓦の三階建て洋館を新築するのである。ところがその地鎮祭後の宴会で、妻の章子と弟や義弟が対立、白秋は章子と離別したのである。そして翌十年（一九二一）、三度目の妻佐藤キク（通称菊子）と結婚。新築の洋館で式を挙げたが、「ここに白秋は、初めて家庭的な安定した生活に入ることとなる」と年譜に見える。こうした状況下で大震災に遭遇したわけである。

大正十二年は、母のシケは六十二歳。妻の菊子は三十四歳。息子の隆太郎は一歳半。息子の北原隆太郎著『父・白秋と私』から、震災当時の状況を抜粋してみる。「震源地に近い小田原は壊滅的な被害を蒙った。母に背負われていた私は間一髪の差で、屋根の赤瓦がどっと落下して、母子共に瓦礫の山の下敷となって圧死するところを、辛うじて免れた。その寸前に、家屋から脱出できたからである。／二階の書斎にいた父にしても、もしそのまま泰然自若として、動かざること山の如くであったなら、倒れてきた大書棚の下敷となって圧死していた筈である。我が子の身を案じて、とっさに起ち上り、急な階段を馳せ下《お》りようとして、そのまま、階段と共にずり落ちて負傷した父であった。」「震災そのものも、震災直後の数日間も、裏の竹林に蚊帳を吊って生活したのも、私の記憶にはない。」とある。なにしろこの時隆太郎は一歳半。おそらく親たちの話を辿っての記述であろう。本人の記憶にはなくても、「裏の竹林に蚊帳を吊って生活した」らしい。

子供の頃、地震があると竹藪に避難するのがいいと教えられたものである。地下茎が巡らされ、地割れがしないからという理由である。前述したように、白秋は伝肇寺東側の竹林に、方丈の書斎を造っていた。大震災の三ヶ月前の六月に詩集『水墨集』を刊行したが、その中に「雪に立つ竹」とか「竹林の七賢」など、竹を題にした詩がある。竹林に住む自分を意識しての詩であろう。特に「竹林の七賢」となると、中国の逸話に出てくる七賢人に思いを寄せた詩である。俗世を避け、竹林で清談を交わしたという中国・晋時代の隠者達に、この頃の白秋はふっと触れるものを感じたのかもしれない。

これらの山荘は大震災で半壊したという。そのため、「裏の竹林に蚊帳を吊って生活した」ことになる。したがって、掲出した俳句の詞書が「竹林生活、十三句」なのである。するとここでは「母」は菊子、「子」は隆太郎である。この時期、水の確保はどうしたのか知らないが、井戸も渇水するであろう。ライフラインである。この十三句の中から、他にも挙げてみる。

竹林の冷かに子と坐ってる
秋である時計を竹にかけつつゐて
露なめて木琴たたけ子よ生きむ

竹と子を詠んだ句である。
白秋は歌人としても多くの短歌を残しているが、ついでに「大震抄」の題のもと、「我竹林に在り」という詞書で詠んだ二首も併せて挙げたい。

夕《ゆふ》ごとに篁ふかくはひる陽《ひ》の世にもかそかに澄みてこもりつ

吾がこもる竹の林の奥ぶかに茗荷の花も香ににほふらし

二首目に「茗荷」が出ている。掲出句に詠まれたのは「藪茗荷」だから、これとは全然異なる。ひょっとして藪に生えているから藪茗荷と呼んだのだろうか。そうだとしても、「水噴け」という命令は無理である。掲出句は震災翌年の大正十三年（一九二四）一月に発表されたが、これら二首は、五月発表である。茗荷の芳香に気付く余裕が生まれているし、一首目は「夕ごとに篁ふかくはひる陽の」を序詞にして、ひっそり静かに籠っていると詠い、落ち着いた生活が偲ばれる。「母と子の渇に水噴け」と詠うせっぱつまった作句当時と、余裕ある態度の作歌当時との心境の違いが感じられるのである。

この大震災を体験して白秋は、後世のためにこういう歌も残している。

大正十一年九月ついたち国ことごと震亨《しんとほ》れりと後世《のちよ》警め

ところで、「震後」の題の脇書きに白秋は「亜浪氏*のすすめによりて初めて句作す。観る人わが此の旧調にして稚拙なる処女句を笑ひたまへ」とあるが、解説によれば、「初めて」とは俳句専門誌に発表するのが「初めて」ということらしい。

（*亜浪氏＝臼田亜浪）

あとがき

　仙台在住の私には、二〇一一三一一一四四六一八という数字が刻み込まれてしまっている。つまり、二〇一一年三月一一日、一四時四六分一八秒発生の東日本大震災のことである。書斎の本棚が崩壊、危うく部屋から脱出したので無事であったが、その後書斎に入れず二日間は魂が抜かれていたと思う。さいわい、天窓の施錠をしていなかったので、娘が庭から梯子を掛けて天窓から棒を差し入れ、ガラス戸の施錠を解錠してくれた。それでも外からも容易に部屋に足を踏み入れられず、一週間はぼんやりしたことを思い出す。しかしその後の大津波襲来による被害者の惨状に比すれば、私の被害は物の数でもなかったのである。それが基となり、過去の地震・津波などに遭遇した文人たちはどんな風に対処して、またどんな風に作品化したのだろうか、と気になった。最初に取り上げてみたのが島崎藤村。彼は三陸大津波の発生した三ヶ月後の明治二十九年九月に仙台の神学校・東北学院に赴任。しかも被災地荒浜に行って泳いでもいる。東北学院にほぼ半世紀勤務した私は、真っ先に注目したのであった。その関連でどうしても東北関係者の文人たちの作品に触れることが多くなったわけだが、そのうちにだんだんと大津波とは関わりなく興味を持っていった次第の結果を一冊にしてみた。

これらは同人誌「仙台文学」掲載用に企図したので、同人誌の字数に合わせ、三〜四ページを念頭に置いて執筆したため、それぞれの枚数がばらついてしまったわけである。それはともかく、あくまで随想として読んでいただければ幸いである。

発行するにあたり、左子真由美さんをはじめスタッフの方々には大変懇切丁寧なご指摘をいただきました。厚く御礼申し上げます。

平成二十八年十一月

牛島富美二

著者略歴

牛島富美二（ごとう・ふみじ）

所　属　「仙台文学」「ＰＯ」「宮城県芸術協会」「宮城県詩人会」
著　書　小説集『霧の影燈籠』（1983年　仙台文学の会）
『峡谷の宿』（1992年　近代文芸社）
『村祭りの夜』（2000年　竹林館）
『美貌の刺客　──仙台維新譜』（2013年　竹林館）
詩　集『いすかのはし』（2003年　竹林館）
『潮騒の響きのように』（2006年　竹林館）
句　集『榴花歳々』（2005年　竹林館）
『日々の流れに』（2007年　竹林館）
歌　集『老楽《おいらく》の……　─こころみの謳《うた》─』（2008年　竹林館）

現住所　〒981-3102　仙台市泉区向陽台4-3-20

文豪の謎を歩く ─ 詩、短歌、俳句に即して

2017年1月23日　第1刷発行

著　　者　牛島富美二
発 行 人　左子真由美
発 行 所　㈱竹林館
〒530-0044　大阪市北区東天満2-9-4　千代田ビル東館7階FG
Tel　06-4801-6111　Fax　06-4801-6112
郵便振替　00980-9-44593　URL http://www.chikurinkan.co.jp
印刷・製本　㈱国際印刷出版研究所
〒551-0002　大阪市大正区三軒家東3-11-34

ISBN978-4-86000-352-4　C0095